自宅、玄関の間で（写真撮影・tour BABA）

文春文庫

東京育ちの京都案内

麻生圭子

文藝春秋

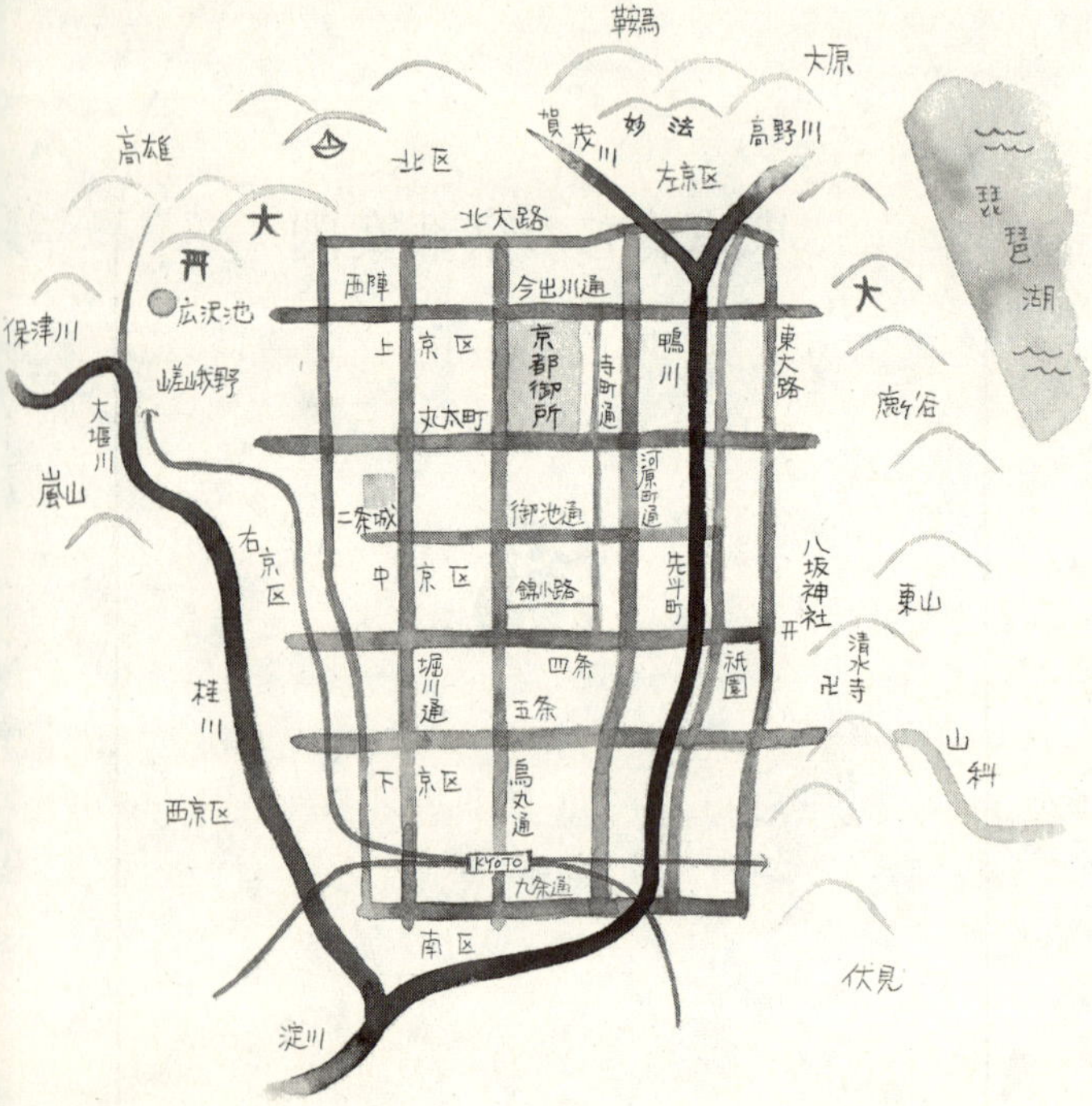
鞍馬
大原
賀茂川
妙 法
高野川
琵琶湖
高雄
北区
左京区
大
北大路
西陣
今出川通
広沢池
保津川
嵯峨野
大
上 京 区
京都御所
寺町通
鴨川
東大路
大堰川
丸太町
鹿ヶ谷
嵐山
河原町通
二条城
御池通
右京区
中 京 区
錦小路
先斗町
八坂神社
東山
祇園
清水寺
四条
堀川通
五条
桂川
山科
下 京 区
烏丸通
西京区
KYOTO
九条通
南区
伏見
淀川

東京育ちの京都案内＊目次

東京育ちの京都案内

1　ぶぶ漬け伝説

　京都人はよそ者に冷たい、表裏がある、などとよく言います。京都のことを語る本で、それが書かれてない本はない、と言ってもいいほどです。越してくるときに、何冊かまとめて読みました。でも読むにつれて、何だかそれが鼻についたのも事実です。よそ者に冷たい、表裏がある――、それが一千余年の長きにわたって都として栄えてきた京都というまちの風土である、都人としての生きる知恵や、田舎の人にはわからへんやろけどな、と言わんばかりの書き方。

　昔はそうだったでしょうけど、時は現代ですからね、都会生活者の知恵ということでいうなら、おとなりの大阪のほうがよっぽど大きいわけでしょう。

東京から京都へ越してきていちばん先に感じたのは、

「こりゃ、京都は日本一大きな田舎であるぞ」

ということでした。田舎というのは自然に囲まれているという意味ですけどね。

「ほんまのことは言うもんやない、わかるもんや」

「嫌いな人にも笑い顔で話せるのが京都人」

「京都人のおおきにはノーの意味」

そんなことをどうして京都人は京都案内の本で喋るんだろう、そういうことは心のなかにしまっておくものなのに――、なんてことも失礼ながら思いましたですよ。

ここだけの話ですけどね、来てすぐの頃、持っていた携帯電話が壊れまして、最寄りのドコモへ行ったわけです。契約は東京でしたものです。そしたらつっけんどんに、

「地方で契約された方はここでは修理できません」

と、言われた。地方、地方？　地方はここでしょ、京都でしょ。脇から夫がつんつんと引っ張る――、そんな若い女のコを相手に揚げ足取りをするな、ということらしい。

はいはい、大人で都会人ですから、絡みません。でも、

「あのね、東京は地方ではありませんよ」

と、微笑みながら、口をすべらしてしまいました。

京都について書かれた本の悪影響で、最初の頃は、何かと私、好戦的だったんです。排他的というなら、受けて立とう、というようなね。デパートとかファッションビルなんかへ行くときは、肩で風切って歩いてましたからね。ところが老舗《しにせ》ということになると、根は私、小心者ですから、急に塩をかけたナメクジのようになるわけですね。うちの近くに老舗の古美術店があるんですが、そこにはじめて入ったときなど、お店の人が帳場から出てきてくれないだけで、

「一見《いちげん》さんお断りなんだ、だったら、お店の引戸に、そう書いといてくれたらいいのに」

と、いじけたものでした。お茶屋さんや料亭だけでなく、京都の格式の高いお店はすべてお馴染みさんしか相手にしないんだ、というふうに勝手に思い込んでいたんですね。好戦的というより、懐疑的といったほうがいいかもしれません。

京都の人に食事に誘われても、真に受けてはいけない、と思っていましたから、人を介して知り合いになった、染司《そめつかさ》のご主人に、

「今度の日曜日、うちに遊びにいらっしゃい」

と、言われたときも、う、と言葉に詰まった。どう返事していいかわからない。そりゃあ、京都の人の家に遊びに行ってみたい、と思っていましたから、「はい、喜んで」と答えたいのはやまやまでした。でも陰で「何や、厚かましい女やな。京都というまちをわかってないな」などと、言われるのは癪ですからね。

だったらもうしかたない、冗談っぽくここは訊くしかないと、

「あのお、それって、いわゆるぶぶ漬けですかあ？」

それを受けた染司のご主人、にやりと笑って、

「いや、ぶぶ漬けよりはもうちょっとええもん、出せると思います。遠慮せんと、どうぞ」

なーんだ、（京都の人なのに）けっこういい人じゃん、と思ったのでした。

懐疑的な目で見たら、どんなふうにでも見えます。でも、そうなんですよね、いまどき京都の人だけ、そんなに性格が違っていたら、日本人としてやっていけないですよ。

さっきの古美術のお店も、こちらから声をかけたら、やさしく応対してくれました。

しかしこのお店、私は何も知らずにふらりと入ったわけでしたが、あとから訊くと、

京都でも格式が高いことでは有名な老舗なんだそうです。

「どなたさんのご紹介ですかあ？　て訊かれへんかったかあ？」

「ううん、全然」

「せやけど、愛想なしやったやろ？」

「ううん。網代《あじろ》、買ったんだけど、すごく親切に教えてくれるし、名刺までくれはって、おまけにまけてくれた」

「――おかしなあ。あそこ、雑誌とかの取材も一切、受けはらへんのに」

噂というのは、えてして尾ひれがつくものですからね。こういうお店はまたあえて否定もしないのでしょう。そのほうが煩《わずら》わしくなくていいでしょうし。

京都のぶぶ漬け伝説もね、よーく調べてみると、なーんだという感じなんです。

ぶぶ漬けってのは、お茶漬けのことですが、その伝説というのは、

「ちょっとぶぶ漬けでもどないですか？」

と、誘われても、京都では絶対、絶対に真に受けたらあかん、という話なんですね。

何となく聞いたことあるでしょう？

そう、真に受けたら、あとでえらい目に遭うんです。そう言われた状況はさておき、

ぶぶ漬けでもどないですか？ とにこやかな顔で言われれば、東京人としては、これは断ったらかえって角が立つのではないか、とも思いますよね。江戸っ子なら、こんなとき断られたら、

「おまえさんは何かい？ うちのお茶漬けが喰えねえってのかい？」

と、怒るかもしれないですしね。

お寿司でもいかがですか、と言われれば、いえ、もう帰ります、と遠慮もしますが、しつこいですが、たかがお茶漬けです。気さくな心で誘ってくれているような気配を感じますでしょ。が、

「ではお言葉に甘えて、そうさせていただきます」

と、長居でもしようもんなら、あとから、

「何や、あの東京から来たアソウとかいうお人は、夕はんどきになっても帰らへんにゃさかいな。お里が知れるな」

と、理不尽な陰口、叩かれることになるというんです。

が、よーく聞いてみると、これ、状況がちょっと違うんですね。

人の家を訪問していて、食事どきになったとする。そのとき「ぶぶ漬けでもどないで

すか」と、言われたら、京都では「いや、もういなせてもらいます」と答えるというお約束になっているんだそうです。符牒みたいなもんですかね。そこで「はい、おおきに」と居すわられたら、言ったほうは、何の用意もしてませんから、困りますよね。ぶぶ漬けくらい、用意も何もないでしょう、と言うのは京都人をよく知らない人の言うこと。

ぶぶ漬けでも、と言うのは謙遜というか、言葉の綾というもので、出すとなったら、ちゃんとしたものを出さなあかん、と考えるのが京都人なんだとか。ちゃんとしたもの、というのはぶぶ漬けはおろか、家人がつくる手料理も含まれません。京都ではお客さんには、素人がつくったものは、お出ししないんだそうです。玄人さんがつくったものを出す。

ちなみに京都の玄人さんというのは、どこかの店でちゃんと修業を積んだことがある人をさします。どんなに上手でも、調理免状を持っていても、それは玄人じゃない。ですからそういう人がお店を出すときは、看板に「素人料理」と、書き入れます。本当ですよ。うちの斜め前にも小料理屋さんがありますが、店の名は「素人料理　もり川」です。

玄人さんの話に戻りますが、京都には仕出屋《しだしや》さんといって、配達専門の料理屋さんがあるんです。お客さんが来たときは、この仕出屋さんから取り寄せるわけです。おまけに友だちの家では、お客さんの分しか取らないという。お客さんが一人でも、一人前しか取らない。

座敷に通されたお客さんは、床の間を背に、一人で食べるはめになります。

「そんなお客さんを一人にするやなんて、失礼じゃないの？　なんで一緒にお相伴《しょうばん》にあずからないわけ？」

と、訊ねましたら、友だち平然と、

「食べるとこを人さんに見られんのは恥ずかしいことやさかいに、お客さんが食べ終わるまでは、そっとしておいてあげんとあかんねん」

そうですか、恥ずかしいことですか――。

「いやあ、今は違うえ。私らが子どもの頃くらいまでの話やと思う。――このお客さんが帰ってくれはらへんと、私らはごはんが食べられへんかってん。お魚でも焼いたら、貧素なおかずがバレてしまうからやないやろか。さんまか、とかな」

京都というのはどんな大店《おおだな》でも、ふだんの食事は意外なほど質素らしいんです。ですから、いくら家人が料理上手でもお客さんに出せるような献立じゃないんですね、見栄えがしない。話が長くなりましたが、そんなこんなで、

「ぶぶ漬けでもどないですか？」

と、言われて、はい、それではお言葉に甘えます、となると、京都の人にとっては、ひじょうに具合が悪かったわけです。

ま、食事どきになって、そのことを切り出されたら、それを潮にお暇《いとま》をする、というのは、京都人だけでなく、日本人の常識ですよね。

ただ「ぶぶ漬けでもどうですか」とまで具体的な言葉を出しながら、それが帰ってくれの符牒であるというのは、いかにも京都人らしくて面白いなあと思いますよ。

その符牒に気づかず、ぶぶ漬けによばれてしまうと、陰口だけではなく、

「そのお客さんが地方のお店の丁稚さんかなんかやったら、そのお店の主人に、あんたさんとこはどういう躾《しつけ》をしてんのや、て文句までつけんねん。おそろしやろ？」

という話ですからね。さらに訊いてみました。

「そういうこと、おかあさんとかもしてたの？」

「ひぇ？　なんぼ、うっとこの母親がきつい言うたかて、そこまではせーへん」

そうですよね、そんな京都人、滅多にいるもんじゃありません。

北山《きたやま》の資料館で読みあさった本によると、ぶぶ漬け伝説の出所は上方落語だという。これが京都人ならいかにもありそうな話だ、ということで、尾ひれがついて、全国を席巻したのではないだろうかという解説がなされておりました。

ちなみに落語の内容はというと——。

ぶぶ漬けでもどないですか？　へえ、おおきに、ということになり、本当にぶぶ漬けを出すことになります。ところが客人はお腹がすいてましたから、さささーっと一気に、流しこんでしまう。実はお櫃《ひつ》にはもうごはんは残っていません。しかし見栄っ張りな京都人ですから、そんなことは口が裂けても言えません。しかたなく家人のほうは、からっぽの茶碗に気づかぬふりを決め込みます。そうとは知らぬ客人は、茶碗がからなのを気づかせようと、あの手、この手の悪戦奮闘。ついには茶碗をさわりつつ、

「ええ、ええ茶碗ですな、高いんでっしゃろな」

そこまでこられたらしゃーないと、家人、

「へえ。これ（からのお櫃）と茶碗の両方で、○×円どす」

——というオチがついておしまい、というものです。

しかしこれ、京都人自身がわざと流布したという説もあるんですね。だって「これぞ京都人である」ということになれば、誰も食事どきには遊びに行かなくなるでしょう。そのうえほんのちょっと歓待すれば、

「あんなケチで見栄っ張りの京都人が、家に食事に招いてくれた」

と、ありがたがることになりますからね。

私なんか今でも、心のどこかに「ぶぶ漬け」があるんでしょうね、食事を誘われると、一瞬、顔色を窺《うかが》いますし、それがまたおいしいと、「うわー、この人、いい人」と、必要以上になつく、というところがあります。まんまと「ぶぶ漬け」に漬かってるわけです。

もう一つ、京番茶のCMで有名になった逆さ箒のことですが、大方これもあってないような話なんだろうと思っておりましたら、これはあった。

「うっとこの母親、やってたよ。さっきも言うたように、お客さん、早《はよ》う帰ってくれんと、家のもんが晩ごはん、食べられへんさかい。いや、そんなお客さんの目にふれるようなとこには置かへん。台所《だいどこ》とか、見えへんとこに立てんねん。おまじないやもん」

ということでした。顔で笑って、心で毒づいて、いえ、心で泣いて――。別にこの風

習、京都だけではなくて、いろんな地方にも残っているとききました。

京都に来てから三年、いろんな人と友だちやら知り合いになりましたが、ま、京都人にもいろいろいます。ヘンな京都人もいますし、気さくな京都人もいる。ただ、京都には、自分のことを「いい人」というより、「何やちょっと気難しいけど、本当はいい人」と思われたい人のほうが多いんじゃないかと思います。ヘソ曲がりというものですね。

私は東京の頃より、友だちが増えました。相性が合うんですね。

排他的ということも感じたことはありません。

読んだ本のなかの、京都人の印象が悪かったおかげですね。

2　京ことばの今日

京ことばというと、すぐに思い浮かべるのが、「何とかどすえ」とか「何々やおへんか」ですよね。でもこれ、京都の一般の人は使わないんです。花街ことばなんだそうです。ちなみにこの花街、ハナマチのつもりで今、書きましたが、正しくはカガイ。NHKのニュースでも、カガイと発音しています。ハナマチというのはやや差別がかったことばなんだとか。私などはそうきいて驚くばかりでしたが、どうなのでしょう、京都に住んでいる年配の人たちにとっては、また特別な響きが混ざっていたりするのでしょうか。

三十歳をいくつか過ぎた頃、五つある京都の花街の一つ祇園《ぎおん》（甲部）に興味を持ったことがありました。それで何度か文化人のおじさんたちのグループに同行させてもらいました。女一人じゃ行けませんでしょ。昼間はなじみの舞妓さん、芸妓さんたちといっしょに寺社巡りや季節の風物詩を楽しみ、夜はお茶屋遊びをするというもので、桂離宮《かつらりきゅう》やら、保津川《ほづがわ》下り、醍醐寺《だいごじ》やら、比叡山、琵琶湖（この二つは滋賀県ですが）と、いろいろまわらせてもらいました。

なじみの舞妓さん、芸妓さんたちの、

「いやあ、麻生さん、お久しぶりどす」

このことばを聞くだけで、ああ、京都、来たんだ、と実感したものです。

それと、もう六十歳は優に過ぎているであろう、お茶屋のおかあさんの京ことば――、これが同じ京ことばでも、また歯切れがいいんです、そこが粋でね、いかにもすべてを仕切っているお茶屋のおかあさん、という感じでした。

「へえ、そうどすか。ほな、ちょっと待っとくれやっしゃ」

息子さんは京大を出て高校の先生をしているんだと、他の人からきいたことがありましたが、ああ、このおかあさんの息子さんならね、と思ったものでした。

　そんな京ことばのイメージが強かったものですから、実際に京都に住みはじめて、大阪弁をちょっと品よくした程度の京都弁を聞いたときには、がっかりしたものでした。

「昔から、ああいうことばは花街の人だけが使ってたの？　どすえ、とかそういうことば」

　と、京都に来てから親しくなった友だちに訊いたことがありました。

「うーん、うちらのおばあちゃんとかは使《つこ》てたけど、うちらはもう使わへんなあ。時代の流れというか、あえてそうなったようなところもあるんと違うやろか。子どもの頃、冗談で、何とかどすえ、て言うたりすると、母親から、そんな玄人さんみたいなことば、使たらあきまへんて、きっつう怒られてたさかいにな」

「何で？」

「まあ、差別、うーん、区別やろか――」

　何人かに訊ねてみましたが、みんな「おばあちゃんは使てるけど、私らはもう使わへんなあ」と言うんですね。単に他の地方と同じように、方言が消えつつあるだけなのか、それとも友だちの言うように、戦後あたりから、あえて区別してこうなったのか――。

そのへんのところ、もう少し調べたいと思っています。

先ほど、大阪弁をちょっと品よくした程度の京都弁と書きましたが、「大阪弁といっしょにせんといてくれる?」と、友だちからさっそく指摘を受けました。

「あんな下品な言葉とは、京都弁は全然、違うさかいに。ま、向こうは向こうで、京都弁は何や気持ち悪いとか言うてんにゃなあ。せやけど、名詞とか形容詞だけやのうて、語尾も違うし、アクセントも違うもんがあるし。駐車場、とかそうやな」

そうなんです、東京の人には同じように聞こえるんですけどね、大阪弁とはかなり違います。私もようやくそのへんの違い、聞き分けられるようになりました。

全体的にことばがべたーっと聞こえるのが京都のほうです。たぶん撥音が少ないせいじゃないかと思うんです。大阪だったら、たとえば「何、言うてんねん」というように、やたらと「ん」が入ります。あれで大阪独自のビート感が出るんだと私は思うのですが、京都は「何、いうてはんの」「何、いうたはりますのや」となる。

知り合いに先斗町《ぽんとちょう》の若旦那がいるんですが、彼なんか「こんにちは」さえ、まったりしています。極端に言うと、「ん」を「むー」と伸ばすんですよ、「こむーにちはー」。「ち」も東京のように無声音ではなく、母音をきちんと発音します。これは大阪も同じです、関西弁には無声音がない、といってもいいほど、ベタで母音まで発音します。タクシーのク、ネクタイのク。東京の人はクは子音しか発音しないでしょう?

それから「はる、はる、はる」がやたらと耳につくのが京都弁です。京都の人は、仲のいい友だちなんかにも、たとえば「これ、読まはった?」などという表現をするんですね。「はる」というのは標準語では「らっしゃる」にあたりますから、つまり敬語です。親しき仲にも礼儀あり、さすが京都だと思うでしょう。でも過ぎたるは及ばざるが如し、でしてね。これが、ん? と眉根を寄せたくなるようなものにまで、使うから、京都弁はよくわからんというか、捻《ねじ》れてるというかね——。

「あそこ、見てみ、猫が寝てはる」

「どこどこ? いやあ、よう寝てはるわ」

「そんなんしたら、犬が吠えはるし、やめとき」

そうなんです、ペットを擬人化しているのではなく、そのへんウロウロしてる犬、野良猫の類にも使うんです。京都ではじめて仲良しになった友だちが、

「ジュンちゃんがな、熱、出さはって、ちょっと病院へ連れて行ってたさかいに」

と、言ったときには、まさかジュンちゃんが猫だとは思いませんでした。

ずっとあとになってからですけど、突っ込んでみました。

「何で、京都の人いうんは、犬猫にまで敬語使うの？」

「え？　敬語？　敬語なんか使たりせーへんえ」

「ううん、使ってる。猫が寝てはる、ってよく言ってるもん」

「そうか、そんな言うてる？　猫が寝てはる……、猫が寝ている、うーん、何や気持ち悪いな。これ、敬語と違う。うん、あれやわ、そうそう、慣用句みたいなもんやと思う」

「無意識なんだね。人によっては、うっとこの子が言わはんねん、とか言うよね。何か、聞いてるほうは、ちょっと気になるなあ」

「私も使てる？」

「うん。おばあちゃんが言うてはってん、とか」

「ありゃ。気をつけなあかんな。せやけど、猫は許して」

あまりにも日常会話で「はる」を常用しているために、言葉本来の認識が希薄になってるんですね。もちろんいくら京都の人でもね、あらたまったときに、身内やら犬・猫に敬語を使ったりはしないと思いますけどね。

それから京都弁のヘンなところは、やたらと名詞に「お」「さん」をつけるんですね。えびすさまをえべっさん、と言ったりというのは、大阪の人もそうなんですが、京都の人の「さん」は、度を超えてます。

まず東京で「さま」をつけて呼ぶものは全部「さん」です。

神さん、仏さん、弘法さん、天神さん、お寺さん、氏神さん、あと八坂さん、祇園さん（八坂神社）、太子さん（聖徳太子）、大文字さん（大文字山、五山送り火）、お精霊《しょらい》さん——。

別格では天皇さん。お公家さん。

歴代の天皇の名も、亀山さん、後醍醐さん、などと「さん」づけで呼びますからね。最初のうちは、「亀山さん」と言われても、ぴんと来なくて、

「誰、その亀山さんて？」

と、訊いて、その場を白けさせたこともありました。

京都の人は東京の人間に比べると、歴代の天皇さんの名前、よく知ってますよ。

余談ですけどね、これもまた仲良しの友だちの話ですが、

「小学校のとき、先生が天子さま言わはってんな。うっとこ、親は天皇さんいうてたか

ら、こりゃ、えらいこっちゃ、天子さま、言わなあかんのんか、と思てたら、小学校五年のとき、先生が替わらはって、これがいま考えるとバリバリの日教組やってんな、天ちゃん言わはってん。さんに、さまに、ちゃん——。いったい、天皇といわれる人はどう呼んだらええんやろか、小学生の私は悩みましたですよ、はい」

一千年の都でも、天皇の尊称、戦後は迷ったりすることもあったんですね。

店の名前にも、さんをつけます。老松《おいまつ》さん、虎屋さん、渡文《わたぶん》さん——。

食べ物にも敬意を表してでしょうか、さんをつけます。麩《ふう》さん、お竃《くど》さん、おかいさん（かゆ）、おいもさん、お鯛さん——。「お」だけですと、おまん（お饅頭）、お焼き（焼き豆腐）、おだい、おかぼ（この二つの意味は別の項でふれるので、ここではあえて省略。さて何でしょう）などなど。この食べ物に「お」をつけるのは、御所詞《ことば》の影響のようです。おまん、おせん（せんべい）は御所詞ですから。御所に出入りしていた菓子屋や公家の家に行儀見習いに上がっていた商人の娘たちなどから、一般の人たちにも広がったようです。

どちらにしても女らしい詞ですよね。

ですからね、男の人の京都弁は、はじめの頃はちょっと抵抗がありました。

「夕べは風邪で熱が出てたさかい、おかいさん食べて、早う休ませてもろてましたんや」

それを言う顔が、またお公家さんみたいだったらよろしいんですけどね、こんなんとか、あんなんやったりすると、もうあんたは起きんでええ、ずっと寝とき、と言いたくなったりしますよ。

三年もいると、ことばも京都になじんできます。

「麻生さん、東京のお人やのに、えらい上手に真似しはりますなあ」

と、お誉めの言葉を頂戴したりするのですが、それもそのはず、私の東京育ちというのは半分ほどいかさまで、親が転勤族だったものですから、私、子どもの頃、関西に住んでたことがあるんです。大阪と愛媛なんですけどね。国内バイリンガルというわけです。

それを言うと、みんなからどうりでなあ、と言われるんですが。しかしさっきも言ったように、大阪弁と京都弁は似て非なるものですからね、

「麻生さんのはまだ京都弁とは違うな。関西弁やな」

と、やはり友だちからは言われます。

ふうさん、お豆さんとはよう言いませんし、神さん、仏さん、えべっさん、というのもやはりずっと言えないような気がします。関西には住んではいましたが、そういう生活文化を会得するほど、その地方になじんでいなかったということでしょう。

でもふだんの生活では、友だちと喋るときは完全に京都ふう関西弁です。夫との会話も私は関西弁を喋っているような気がします。夫は横浜育ちなので、本来なら標準語で喋るのがふつうなんでしょうけどね、無意識のうちに京都では関西弁になる。で、二人で東京へ行くと、だいたい名古屋あたりから、標準語に変わるんです。何なんでしょうねえ。

ただ警察とか役所とか、お店なんかでは、しゅるしゅると関西弁は萎んで、標準語になります。これも無意識なんですけどね。私の場合は、どうも構えると標準語になってしまう傾向にあるようで——、ということは関西のほうが水があってるのでしょうか。

しかし大学から京都の夫は、未だにイントネーションがおかしい。

「それにしてもヘタやなあ」

と、私がからかうと、

「ほっといてくれ。京都人ぶって、エセ京都弁を喋るほうが、こっちの人はめっちゃ嫌うねん。このくらいたどたどしいほうがちょうどいいの」

　と、うちの青年は主張します。

　しかしこれはあながち口から出任せではなく、私の友だちも、

「そやなあ。麻生さんとは反対に、イントネーションはおかしいのに、単語ばっかり、京都弁やと、何や嘘くさいというか、信用でけへんな、という気になることは確かやなあ。ドラマなんかでも女優さんが下手くそな京都弁、使《つこ》てると、その女優さんまで嫌いになってしまうもんなあ」

　そんなわけで、この言葉で苦労する東京人はたくさんいるようです。

　関東出身で、今は立派なお店を河原町界隈に構える料理屋の旦那さんから、こんな笑える苦労話、聞きました。

「麻生さん、京都でほかす、言うたら、何の意味か知ってる？　あ、知ってる。あ、関西にいたことあるの。じゃあね、あんまり苦労はないよね」

　捨てる、という意味なんですけど、愛媛でもそう言ってましたから、これ、京都弁というより、広域の関西弁なんでしょうね。

「僕なんか、知らなかったから、修業に入ってすぐに、これ、ほかしとけ、と言われた

とき、悩みましたよ。ほかすと沸かすと似てるな、とかね。で、僕が出した結論は、ほかにすること。そう、だから蒸したんだよ。そしたらえらく怒られてねえ」

この旦那さん、そのことを根に持ってるわけじゃないんでしょうが、京都に来てからもう何十年にもなるのに、未だに京都弁は使いませんからね。

3　しだれ桜は妖艶に

春は名のみの風の寒さよ。

京都の春には毎年、だまされてます。日差しは何やら春めいて見えるんですけどね。それにつられて表に出ると、まだその中身は冬だったりするんです。

そもそも、京都は盆地やから、寒いとは言いますけどね、北日本の寒さに比べれば、雪も滅多に降りませんしね、暖いもんだと思うんです。ただね、雪国のように、窓の外がいかにも寒そうな景色なら、出ていくほうも、心の準備だけでなく、防寒具にしてもね、準備万端にして出かけるでしょう。ところが京都の冬景色はさほど寒そうには見えないんですよ。

節分を過ぎれば、京都御苑（御所）の梅も綻びはじめますしね、ぐずついた日が続いたあと、からっと晴れ上がったりすると、窓ガラスの内側から眺めるかぎりは、完璧に「すぷりんぐ・はず・かむ」なんです。

そんな京都にうかうかと、

「ええ陽気やなあ。もうコートはいらないな」

と、表に出かけようもんなら、ひぇーっと首をすくめることになる。

京都の春はいけずですよ。

ところが植物というのは強いもんですね。御苑はね、梅林、桃林も有名なんです。寒いですからね、ゆっくり花見をするまでにはいたりませんが、二月も中頃になると、御苑の梅や桃を見に出かけます。梅の花というのが、あれほど凛《りん》として美しいものだと思いませんでした。桜の花より頭よさそうな「顔」をしています。

三月も中旬になるといよいよ桜林が饒舌《じょうぜつ》になってきます。御苑にも見事なしだれ桜があるんですけどね、ある日、歩いていると、いつもの景色と違うんです。あでやかなんです。ぐいっと浮き立っている。いそいそと近寄って、見てみますと、小さな蕾《つぼみ》がぎっしりと枝を覆っていたのでした。薄紅色の花びらなのに蕾は朱いのですね。それでまるで枝に頬紅をさしたように見えたんですね。

かわいい顔をして、桜も、わりとやるもんだね、という感じです。なにくわぬ顔して、枝の内側では春への準備が着々と行われているんですからね。きちんと咲く時期を知っている。人間はね、咲く時期、間違う人もいますからね。かくいう私なんかも、まだまだ時間があるつもりで、遅咲きを狙っていたら、その時期を逃してしまったような気もします。子ども生むんだったら、三十代前半だったなあと、少しだけ後悔する日もあります。

四季に疎《うと》くなるといいことありません。

私は自由業ですし、子どももいませんから、週末とか、春休みといったものにも無縁でしょう。東京にいた頃は、気づいたら春が来るどころか、過ぎていた、などということもありました。作詞の仕事をしてた頃は、昼夜さえも完全に逆転しておりました。二十代の頃はそれでよかったのかもしれませんけどね。

そういうことを考えると、なかなかいい時期に京都に来たように思います。

京都の人は暦に敏感でしょう。年中、祭事がありますしね。

これは夫の大学院時代の話なんですが、先輩に生粋の京男がいて、この人のスケジュール帳には花見休み、蛍狩り休み、紅葉狩り休み、祇園さん休み、というのが書き込まれていたらしい。で、その時分になると、研究室にぱたっと来なくなる。夫たちは、

「そういえばUさん、最近、来《き》ーひんな」

「あ、そろそろ桜が満開なんとちゃうか」

「えー、もうそうなんか」

というふうに、季節を確認していたのだとか。

夫もその先輩の影響でしょうか。それに近いところがあります。満開になってから見に行くだけでなく、蕾の具合や、開花状況をチェックしに行きますからね。懐中電灯を持って、真っ暗闇の境内に忍び込んだりするほどです。

「この蕾やったら、今週末には咲き始めそうやな」

「さ来週の頭くらいが満開やろか」

「ここの桜より、疏水の川べりのほうが早いかもしれんな」

「そろそろおかあさんに連絡しといたほうがええんちゃう？」

この頃になると、東京の友人からも電話がかかってきたりします。

「京都に行こうと思ってるんだけど、桜、何日くらいが今年は見頃？　麻生さんのお勧めの桜はどこ？　ま、そう言わずに、教えてよ」

　何日と言われてもね、場所によって見頃は違いますし、どこの桜がいちばんと言われても、しだれが好きな人もいるだろうし、川べりの桜が好きな人もいる、山桜が好きな人、ライトアップされた夜桜が好きな人、いろいろですからね。

　でも、そこまで調べても、満開のときは見に行かないことのほうが多かったりするんです。そうやってまだかまだかと待ちわびること自体が楽しいんです。人ごみが苦手、ということもありますけどね。もちろん人を案内するときは、行きますよ。

「あ、おかあさん、円山《まるやま》公園のしだれは来週の頭くらいがピークだと思う」

「ああ、もう一年たったんだねえ。円山公園のしだれ桜、見事だったわね。でも、今年は、遠慮しときましょう」

「えー、せっかく娘が京都にいるのに」

「それはそうですけどね、うちの近くにも桜はありますしね」

　ちなみにうちの東京の自宅は、道路をちょっと挟むと、「桜」という町名。最寄りの駅は「桜新町」。東京とはいえ桜にはご縁がある場所なんです。近所の大地主さんちの庭の桜の大木は、それは毎年、見事な花を咲かせます。

「それに、千鳥ヶ淵の桜をお友達と見に行く約束をしたから」

しかし私は食い下がる。

「千鳥ヶ淵？　うん、きれいだけどね、色気がないでしょ」

たぶん千鳥ヶ淵の桜はソメイヨシノだと思うんですが、このソメイヨシノという桜は、ご存じのように規律正しく、いっせいに咲いて、いっせいに散ります。自己主張はしません。これが明治以降、戦前までの軍国主義にはぴったりだったといいます。『同期の桜』の世界ですね。咲いた花なら散るのは覚悟、見事散りましょ、国のため、でしたっけ。各地の連隊があるところには、戦勝記念にどんどん植えられたらしいですね。しだれ桜なんかに比べると、花びらの色も薄くてね、ほとんど白色でしょう。清廉潔白な感じですよね。

「それに対して、京都の桜は文化があるわよ」

「はいはい、文化ね、でも、今年は遠慮しておきましょう」

「なんで？　しだれ桜はもういいというなら、平野《ひらの》神社の桜はどう？　さきがけ桜とか、桃桜とかね、衣笠《きぬがさ》桜、一葉《いちよう》桜とか、めずらしい桜が見られるわよ。うん、さきがけとか、桃桜とかはもう終わってしまってると思うけど、いろんな種類あるから、どれかは見事に咲いてると思うし。もうちょっとあとなら仁和寺《にんなじ》の御室《おむろ》桜も咲くだろうし。来年だなんて、こういう世の中なんだからどうなるかわかんないじゃない。おかあさんだってね、そろそろ高齢なんだから。あのね、京都の桜を見ると寿命が延びると言われてるの」

「来年にします」

うちの母親も頑固ですからね。

ちなみに寿命云々は私の創作です。

でも京都の桜にはそういうチカラがあるような気がしてならないんです。

やはりソメイヨシノと違って、自力で繁殖できるからかもしれません。東京生まれのソメイヨシノは、雌しべが退化しているので、実がなりません。つまり全国のソメイヨシノはみんな一本ずつ、接ぎ木で増やしてきた、人工的な桜なんですね。一方、京都の有名どころの桜は雌しべも雄しべもついている。山桜、彼岸桜だけでなく、一見、人工的に見えるしだれ桜さえ、実がなり、種ができる。つまり実生《みしょう》で増えるんです。

あたりまえのことなのかもしれませんが、桜にも寿命がありましてね。樹齢何百年という言葉をよくききますけど、桜の命はさほど長くない。ソメイヨシノなんかだと百年と持たないそうです。ですから名所の桜というのは元気なうちに、跡継ぎを用意しておくらしい。枯れたら、すぐに跡目を継げるように、後継者を育てておくわけです。桜はおよそ二十年で花をつけるようになりますが、魅せるような花をつけるのは、やはり三十歳（女性と同じ！）を過ぎてから。そこから逆算して、実生を育てるわけですね。

京都御所（紫宸殿《ししんでん》）の、二代目「左近の桜」（山桜）は、このままだと花をつけないとの診断が下され、九八年の二月、花どきを前に三代目に跡目を譲りました。テレビのニュースで知ったんですけどね。京都新聞ではかなり大きなあつかいでした。春の一般公開のときに、三代目の晴れ姿を見に行きましたが、四月の中旬で、花どきをやや過ぎていたこともあるかもしれませんが、二代目に比べるとまだ円熟していない印象を持ちました。三代目、左近の桜――、まるで歌舞伎役者の襲名のようですよね。

円山公園のしだれ桜も三代目だときいたことがあります。この桜は先代の種から育てた、直系の実生育ち。左近の桜が歌舞伎役者だとしたら、このしだれ桜は祇園の芸妓。ライトアップされた姿は妙に生々しい。それもただの芸妓ではないですね、一流ですよ。狂気を孕《はら》んだ女の色気というのでしょうか、妖艶な芳香を放ってますからね。私、夜のしだれ桜は女の性のメタファーのような気がするんです。じっと見入っていると、花ひとつひとつが卵子に見えてくるんです。月の精が桜の枝に産みつけた、夥《おびただ》しい数の卵子。桜は月に導かれて咲く、といいますからね。

結婚し、京都に越してきたのは、ちょうど円山公園のしだれ桜が満開の頃でした。ですからね、ここのしだれ桜が咲くと、ああ、京都に来て、丸何年たったなと、新婚の頃を思い出します。確か木婚式というのがあったと思いますが、十年たったら、私たちは桜婚式を祝おうと話しています。しだれ桜の木の下で、月夜の晩に――。

4　花見酒と桜守《さくらもり》

京都に来てから見た桜のほうが、それまでの人生で見た桜より多いのではないでしょうか。それほど京都では桜三昧。心が風に煽《あお》られるんです。

でもね、私、花見の宴会というのは苦手なんです。東京でよく見かけた、背広姿の人たちのお花見。土手だろうが、公園、墓地だろうが、所狭しと青いビニールシート敷いて、どんちゃん騒ぎ。お花見は口実なんですよね。地べたにすわって、酔っぱらって、若いＯＬさんとカラオケを歌って。懸命に咲いてる桜に失礼ですよ。

そこ行くと、京都の桜はずっと尊重されているのではないでしょうか。

私の偏見かもしれませんが、京都の花見には風情が残っているような気がします。緋毛氈《ひもうせん》が敷かれた桟敷が設えてあったりしますからね。ま、京都のお花見がお行儀よく見えるのは、桜の名所の数に対して、宴会する人の数が少ないからかもしれませんね。東京みたいに陣取りに殺気だったりしませんからね。

それと桜目当てに全国から集まってくる観光客というのは、私といっしょで、

「あ、やっぱり京都の桜は違うね」

というふうに、ある種、桜に対して、畏敬の念を持っているでしょう。

私、花見をするなら、花見酒をいただくなら、静かなところがいいです。

桜の花というのは、空ではなく、下を向いて咲くんだそうです。しだれ桜の下にひとりすわって、首が疲れるまでじっと仰いでみたい、きっとさぞかし幻想的でしょうね。

西陣で有名な帯屋さんの自宅にしだれ桜を見に行ったことがあります。嵐山にある、それこそ車寄せがあるような豪邸なんですが、数百坪はあろうかという庭の山の上に、しだれ桜が植えてあるんです。庭の生け垣の向こうは西山《にしやま》の借景。日が落ちて、山なみが藍色の闇に紛れていくと、しだれ桜が白く浮かび上がってきます。縁側に腰かけて、花見酒のお相伴に与《あずか》りながら、京都の花見を満喫させていただきました。

そこの若旦那が生まれた頃に植えた木なんだそうです。下駄をお借りして、庭に下り、しだれのところまで歩いていくと、桜の下で寝そべっている男性が約一名。かたわらには赤ワインがうっすらと残ったワイングラス。瞑想でもしているのかなと思いきや、これが口あけて、熟睡している。この贅沢もんが、いや、不届きもんが。

うちの夫でございました。

今年の春でしたか、この夫は、花見弁当を持って、桜守として有名な佐野藤右衛門さんのところの桜を見に行こうと言い出しました。桜守というのは、桜のお産婆さんであり、乳母であり、子守であり、わが子の生涯を見守る父親でもある人のことです。佐野さんの家は代々、仁和寺に出入りしていた「植藤《うえとう》」という屋号の植木職の家柄で、現在のご当主、佐野藤右衛門さんは十六代目。植木屋さんまで十六代目ですからね、さすが京都です。御所の桜のお世話もなさっている。この植藤さんのお家が広沢池《ひろさわのいけ》の近くにありまして、これがね、茅葺《かや》きの趣のあるいい家なんです。京都もここまで足を延ばすと、田んぼが見られます。もちろん佐野さんと面識なんかありません。ただ街道に面していますから、そこから見るのなら私有地侵入にもならぬであろうというわけで、花見に出かけたわけです。佐野さんちの桜はきっと日本一、幸せなしだれ桜なんじゃないでしょうか。桜の神さまみたいな人に毎日、愛されている桜ですからね。

毎日、起きると朝いちばんで、桜畑の様子を見に行かれるそうです。

その一角だけが桜色に染まっています。遠目からは桜色の霧がかかったように見えます。とにかく大きな桜の木ですからね、しだれの枝をくぐって、木の幹まで近づくと、ひんやりとしていましてね。木陰ならぬ花陰ですね、花びらに遮《さえぎ》られて、日差しが届かないんです。もしかして音も届かないんじゃないかしら、と思うほど静かな世界。繭をね、ふと思い重ねてしまいました。春のカイコが吐き出す、しだれの枝は絹の糸でしょうか。

石がテーブルと椅子のように設えてあります。緋毛氈まで敷かれています。夫は、ここで花見弁当を食べる、という野望を抱き、私を連れてきたのでしたが……。

ここならほとんど人はいないだろうと思っていたのに、さにあらず。やはり佐野さんは高名ですからね。観光タクシーやハイヤーが停まっている。そこから降りた観光客の人たちが、写真を撮ったり、遠巻きに見上げています。

まさか私たちだけが、緋毛氈の上で、花見弁当を開けるわけにもねえ……。

「しだれ桜は真下から見上げるものだね」

「これでまだ満開やないらしい」

「佐野さん、今年は花つきが悪い、言うてはるらしい」

圧倒されながら、桜守のお庭から、踵を返す私たちでした。

お弁当ですか、嵐山の山桜を眺めながら、車中にていただきました。

ちょっと口悔しかったものですからね、その数日後でしたか、吉田山荘（元東伏見宮別邸）で庭の桜を眺めながら、昼食を楽しみました。あいにく小雨だったんですが、雨に散る桜というのは、また風情がありますからね。苔の上に貼りついてね。華開席《はなかいせき》と名づけられた、花見会席。お皿には桜の花が添えられて。小さくても桜。これも花見。

そういえば今年は京都に住んでいる人から、桜の花束をいただきました。その人のお庭の花ではなく、和花を専門にあつかう花屋さんのもの。桜は切ったらダメになるといいますけど、花市場には出回っているのですね。そういえばホテルのロビーなど、桜の花を飾ったりしているのを見たことがあります。ソメイヨシノの三分咲きくらいの枝三本の、花束。それを丈夫な和紙でぐるりと巻き、赤と金の水引がかけられてました。子どもの背丈ほどもあったでしょうか。私の両腕がやっとまわるような嵩です。玄関から部屋までは、引きずって持ち運んだものでした。

ちょうどその頃、知り合いの骨董屋さんで信楽《しがらき》の大壺を買ったものですからね。それに挿して、リビングルームに置きました。四、五日のあいだはずっと花見。朝起きて花見。原稿を書きながら花見。晩ごはんを食べながら花見。こんな贅沢なことはないですよね。床にはらはらと花びらが散っても、掃除機はかけません。最後はそれを拾い集めてお風呂に浮かべて、花見風呂といたしました。

昼間は天気がよければ、御苑の桜林まで出かけます。近所でお弁当を買って、本など片手に。桜林にはガーデンチェアが置かれてありますので、そこにすわって、花見三昧、読書三昧。散りぎわだと、風がそよぐたびに、本の活字に花びらが散ってくるのです。ウィークデーだと、御苑はそれほど人がいないんです。いいですよ。いいでしょう。

こんな贅沢な、花降る午後を妻だけで所有しては申し訳ないと、夫を携帯電話で呼び出したこともありました。

「いいねえ――」

と夫がしみじみ言いますので、桜吹雪のことかと思えば、

「そういう暇のある生活――」

この私のことを、羨ましがっているのでした。

黄昏が桜の枝から本の上にもひたひたと迫ってきて、文字が判読できなくなるまで、本を読むときの満足感、私って、やっぱりもしかして暇、なのでしょうか。

春先は仕事、あんまりしてないかもしれませんね。生活の安定より、生活の自由。東京だったら、もっとがむしゃらに仕事のスケジュール、入れるんでしょうけどね。京都というまちは、そういう勤労意欲を削ぐところはあるかもしれません。本音をいうと、ちょっと老後が心配なんですが。花の命は短くて。人生の花もそうでしょうか。

ただ、桜は散りぎわも桜でしょう。地面や水面の上に散ったあとまで美しい。もちろん目にとめる人は多くないのでしょうけど、たった一人でもいればね、それでいい。それを確保したくて、結婚したのかもしれないと思ったりします。夫には内緒ですけどね。

それにしても桜というのはどうして日本人の心にふれるのでしょうか。

5　おいしい京の水

「お茶の先生な、お稽古のときは、御所の東側にある梨木《なしのき》神社まで水、汲みに来てはるらしいわ。何や、由緒正しい名水らしい。汲みにいかへんか」

と、夫に言われたのは、引っ越してまもなくのことでした。

「神社の水て、井戸水？　飲めるの？」

ちょうどどこかの幼稚園の井戸水から大腸菌が検出されたり、O－157が騒がれはじめていた頃でしたので、井戸水にはどうしてもよくないイメージがありました。

山奥の湧き水ならまだしも、御所といえば京都の真ん中です。いくら京都が古都だといっても、百万都市ですからね。二十世紀も終わろうというときに、町中に井戸が存在し、それが飲料水に使えるという——、ちょっとにわかには信じがたいことでした。

ただね、井戸水にはなつかしさを感じたのは事実です。子どもの頃、住んでいた愛媛の家には、水道だけでなく、裏庭にモーターで汲み上げる井戸があったのです。うちぬきの水と呼んでましたけど、井戸からはいつも水が出ていて、それが水場から、池（といってても小さなひょうたん池でしたが）に流れる仕組みになっていました。井戸の水は夏場なら西瓜を冷やせるくらいに冷たく、冬場ならかじかんだ手を暖められるほどだったのです。

小一で大阪（豊中）に引っ越したのですが、その日の晩、水道の水を口にして、「おかあさん、この水、ヘンよ。臭い、お薬みたいな味がする」と、吐き出したのを覚えています。昭和四十年前後の話です。そのあと越した東京都下の小平《こだいら》のほうが水はおいしかったですよ。ま、子どもですから順応性はあります。体育の授業が終われば、水も飲みます。でも水の味に慣れるということはなかった。マズいなあ、でも喉渇いてるしなあ、と思いながら飲んでいた記憶があります。

そのあとまた愛媛に戻って、うちぬきの水を飲んだときにはほっとしたものです。

そんな私でも、長らく東京で暮らしていると、井戸水に抵抗を感じるようになってしまうのですね。そもそも井戸水にふれる機会がありませんから。水道水じゃなければ、ペットボトル入りのミネラルウォーターしかありません。私の水好きは尋常ではなく、夏場ならミニサイズのペットボトルを持ち歩くほど。バッグの中ですからね、生ぬるくなってしまいますけど。でも水はきーんと冷えてないほうがおいしいように思うんです。井戸水くらいの温度がちょうどいい。

京都に越してきて二年が過ぎた頃でした。梨木神社のそばを今出川《いまでがわ》通に向かって歩いていたときに、ふと思い出したんです。そうだ、ここが井戸があるとこだ。寺町《てらまち》通今出川《いまでがわ》の花屋さんに行こうとしてたんですけど、別に急いでいませんからね、はじめて大鳥居をくぐってみたのです。萩の名所で知られる参道をずっと歩いていくと、これですね、御手洗《みたらし》へと流れている水が「染井《そめい》」の井戸水です。石に大きな文字で「染井」と彫られてあります。その昔は釣瓶《つるべ》で汲み上げていたのでしょうが、今は蛇口がついています。

空のペットボトルを何本も手にしたおばさんに、思わずちょっと質問してしまいました。

「どこからいらしてるんですか？」

「左京の区役所の近く」

「え、鴨川の向こうから、橋渡って？」

「そんな驚くような距離やあらしませんわ。歩いたってすぐや。一週間に一回やしね」

「何に使ってるんですか」

「炊事はみんなこの水、これでご飯、炊くと、おいしいさかいに」

またどこからかひとり、今度は若者、学生クンです。若いのに、水にこだわるなんて偉いもんですね。それとも単に経済的な理由でしょうか。聞きそびれました。

あっちからはおじさんが本格的なポリタンク持参でやってきました。

「うちは水汲みはわたしの家事分担や。おじいさんは水汲みに、ちゅうてな」

はあ、じゃ、おばあさんは芝刈りですか？（おじさんにつられて、私もつまらんことを言ってしまいました）

そばに賽銭箱が置いてあり、この井戸を保存するにあたってご協力を、と書かれてあります。ちゃりちゃりちゃりんとお賽銭、大目に入れていく人もいれば、（わざと）入れ忘れる人もいる。京都といえども人それぞれです。学生クンはちゃりんと十円玉

(?)、入れてました。名誉のため、書き加えておきます。

すかさず私も並びまして、てのひらに受けて、飲んでみました。

「おいしい」

非常にクセのない味をしています。ミネラルウォーターなら軟水であるボルヴィックが近いかもしれません。京都はまだこんなおいしい水が地下を流れているのですね。もうその頃には、私も京都のおいしいといわれる老舗のお豆腐屋さん、湯葉屋さんなどは、自前の井戸水をつかっているというのを知っていました。

これは何かの雑誌で読んだのですが、麩《ふ》屋町《やちよう》通にある老舗旅館（「俵屋《たわらや》」）さんは、自前の井戸が涸れたときには、近所のお豆腐屋さんから、わざわざ調理用の水を分けてもらっていたといいます。で、俵屋さんはもう一度、井戸を掘り直したらしい。水をつかうお商売をしているところはそこまでしますが、一般の家はわざわざそこまではしませんからね。お金もかかりますしね。京都市の有形文化財に住居や店舗が指定されているような古い家でも、井戸は「涸れてしもて、もうないんです」と、言ってました。

だからこそ貴重なんですね。井戸水をつかうということは、京都人にとっては贅沢なんです。東京でミネラルウォーターをタンクで産地から宅配してもらっている、という人を知っています。水にもこだわるナチュラリストとして評判です。炊飯、料理もすべてこの水を使うと言ってました。東京にいる頃は、私もそういう生活感のない自然派というものに憧れてました。無機質なナチュラリスト。空のペットボトルを入れたスーパーの袋を、自転車のカゴに入れて、水を汲みに行く姿というのは、ま、カッコよくはないですよね。夏場だと汗もかきますしね、けっこう重労働です。けど、そうまでしてこの人、お水にこだわってるんだ、と思ったとき、その見方が変わりました。

私もこのお水で、お茶、いれてみよう。料理はね、それ以前の問題（主に腕）が山積みですから、ここはひとつ多少、自信のある煎茶、紅茶で試してみよう、と思いたったわけです。思い立ったが吉日。はい、花屋に行くのは中止です。ご縁がありますようにと、五円を賽銭箱に入れると、踵を返しました。家に水筒を取りに帰ったのです。ペットボトルではなくアウトドア用の水筒というのが、まだ東京人の気取りが残っている。ま、人間、そんなにすぐには変わらない。しかし変わったのは、よくぞこんなに歩くようになったもんだ、ということです。うちから御苑（御所）はそば、そばと吹聴してますが、それは堺町御門《さかいまちごもん》までの話。そこから御苑の東に隣接する梨木神社までは優に一キロメートルはあるんです。御苑の南北は一・三キロメートル、東西は〇・七キロメートルもあるので。そこを行って帰って、また行って。それもただの水汲みに。暇というか、ゆとりというか、やっぱり暇か、そんな日々なのです。

しかし疲れました。五キロメートルは歩いた。しつこいですが水汲みに。

お茶を好むものは水を選ぶを第一とす。

お水もさることながら、いいほうの煎茶を使ったし、湯も適温にさましてから、丁寧に最後の一滴まで茶碗に注ぎましたから、そのへんの料亭でもここまでおいしいお茶は出ないぞ、というくらい「おいしいお茶」が入りました。自画自賛。ひと仕事（水汲み）したあとのお茶はまた結構なものですね。自己満足。憩《いこ》いのひとときでございました。

夫にもお福分けしました。大正時代のガラスのコップに注いで、漆《うるし》のお盆にのせて、恭《うやうや》しく差し出したつもりでしたが、ヤツは一気飲み。せっかく、

「ここにおわすお水を何だと心得る。恐れ多くも醒井《さめがい》、縣井《あがたい》、染井《そめい》と謳《うた》われた京都三名水のうち、唯一現存する染井のお水でござりますぞ。平安前期の摂政、藤原良房《ふじわらのよしふさ》さまの染殿《そめどの》にあった井戸とも言われる、由緒正しき、雅びなお水でござります。頭《ず》が高い、さ、さ、控えおろう」

と、講釈をたれようと思っていたのに、喉仏が上下に三回ぐるりと動いておしまい。

「喉、渇いてたから、おいしかった」

「あーあ、もうちょっとゆっくり味わってほしかったよなあ」

「ん？　ボルヴィックじゃないの？」

「梨木神社の染井の水……（心でもう一度、前の講釈を繰り返す）」

「えー？　二年前だっけ、僕があんなに薦《すす》めたときは、井戸水？　とかいって、歯牙《しが》にもかけなかったくせに」

ははー、わたくしが悪うございました（心のなかでだけ謝る私）。

「やっぱおいしいね。もう一杯、え？　もうないの？　よっしゃ、今晩、汲みに行こか。クルマのトランクのなかにポリタンク、あったと思うし」

夜更け、出かけました。あらま、梨木神社の参道は真っ暗です。明かりがついてない。が、気にせずずんずん入っていくと、突然「ううう」犬の唸り声がする。あたりを見回すと、神主さんの住居の前に、柴犬のような犬がいる。そこから零《こぼ》れる明かりに目を凝《こ》らすと、この犬、首輪はしているが、鎖にはつながれていない。番犬、いや、生きた狛犬《こまいぬ》ですね。犬は好きですが、これにはちと怯《ひる》み、腰が引けていたら、「わわわおーん」

と、吠えはじめたからたまらない。このけたたましい犬の声に、神主さん（たぶん）が何事かと表に出てきてしまった。もう就寝なさっていたのでしょうか、パジャマ姿です。

「はい？　何ですか」

が、その声はおだやかなもの、さすが神に仕えるお方、ほっとしました。

「あ、いや、お水をいただこうと思いまして」

はい、決して怪しい者ではありません。

「水、出ませんよ。夜は止めてます。電気代もったいないからね」

すみません、はい、丁重にお詫びをし、翌朝、出直した私たちでありました。

もう少し近かったら、日々、汲みにいくのにね、と思っていたら、うちの氏神さん、下御霊《しもごりよう》神社の御手洗の水もおいしいという情報を入手。ここなら近い、何たって私はこの氏子です。五十年ものあいだ、涸れてたらしいんですけど、数年前に氏子たちが五メートルの井戸を八メートルまで手掘りで掘り下げてみたら、水が湧き出た、生き返った、というのです。水質検査の結果、良質の水であることが証明され、以来、下御霊香《しもごりようこう》水《すい》として、氏子たちに愛されているらしい。毎朝、汲みに来ている氏子さんもいるという。さすが御所周辺、ここ、梨木神社から一キロメートルも離れてないんです。同じ水脈かもしれないですね。東京じゃ、地下は地下鉄が血管のように張りめぐっているけれど、京都は水がひたひたと流れている。神社と神社、家と家を結んでいる、そう考えるとまたロマンがあるではありませんか。

私の血は赤ワインでできているの、と言った女優さんがいましたが、その表現が許されるなら、私の血は京都の清き水でできております。いや、私、日本酒以外のお酒がほとんど苦手で、特に赤ワインがダメなんです。生臭い感じでしょ。なんてことを言うと、ワイン通からは笑われますし、ちょっと肩身の狭い思いだったのですが、私にもやっと蘊蓄《うんちく》を語れる飲み物ができたというわけです。これは何百年の文化の香りがする井戸水で、とか、どこそこの湧き水は豊饒《ほうじょう》なロマンの香りがする、とか、いかがでございましょうか。

6　蛍と川床と夏座敷

「ほら、蛍火の指環、神秘的だね」

夫が素手で捕まえた蛍を、私の左のくすり指に乗せたら、そのままじっとしています。

蛍って、蝶々と違って、ずいぶんおとなしいんですね。

「しーっ。騒ぐと逃げちゃう」

今度はひとさし指の先にのせてみます。

「E.T.――」

「あ、ほんまや。ここからやと、指先だけがぽーっと光って見える」

洛中からクルマで小一時間ほどの、花背《はなせ》というところへ、夫たちと蛍狩りに出かけたときのことでした。山のなかですから、電灯はありません。ただしばらくすると、目が慣れてくるんですね、ぼんやりとですが、輪郭だけはわかるようになってきます。渓谷という大地のうつわのなかを、ふうわり、ふうわりと蛍、飛んでいく。けれどその数は目で数えられるほどです。

一年前、確かにここで、満天の星空のような蛍の大群に遭遇しました。しかしそれを見ていない、友だちの女のコは、たった十匹くらいの蛍に、感嘆の声をあげています。

「わー、きれい。夢みたいです。あそこにも、ほら、あそこも光ってる」

「去年はね、光の雨みたいに、蛍が乱舞してたのに」

「そうなんですか。これでも感激です、蛍なんか見たことなかったんで」

高校までは兵庫の田舎のほうで育ったという彼女。それでも昭和五十年生まれともなると、見たことないんですね。私など愛媛にいた頃は、真夏、水田の稲のすきまをふうわり、ふうわり飛ぶ蛍を、よく見たものでした。たぶんヘイケボタルだったんでしょうね。ヘイケボタルというのは幼虫の頃は、水田や池、沼などに棲息します。それに比べてゲンジのほうは、ここ花背のような清流を好む。成虫となって現れる時期も、ゲンジは真夏ではなく、初夏。六月あたりがピークだということです。

「あー、こっちに飛んでくる。え、捕まえるんですか」

彼女、躊躇《ためら》ったわりには、見事なジャンプ、素手で一匹、捕まえてくれました。捕らえた蛍を両手でまーるく覆います。おにぎりを握るときのような手つきです。

「指のすきまがきれいにわかるね」

「手のひらの灯籠《とうろう》みたい」

私が、ちょうどバリ島の蔦で編んだバッグを持っていたので、そのなかを空にして、虫籠にすることにしました。編目が美しい陰影を作ります。光のオブジェです。

「蛍雪っていうやろ。蛍の光で字なんか読めるかあと思てたけど、二十匹もいたら、充分、文庫本でも読めるのと違うやろか」

「うん、このあいだ、野球帽に入れたときも、あんな厚手の生地やのに、透けてたもんね。五匹も同時に光ったら、豆電球くらいはあるんと違う？」

「でも電球というより、黄緑っぽいし、あの、ほら、蛍光塗料に似てますよね」

「ん？　そうじゃなくて、塗料のほうが、蛍に似てるんだよ。だから――」

「蛍光塗料」

と、三人で声を合わせたことでした。

「蛍ってね、成虫の命は十日から二週間くらいしかないんだって」

「へえー。儚《はかな》いですね。でも何で光るんですか？」

「交尾するため——、光のフェロモンみたいなもんだね」

「光が強いほうが、モテるらしいな」

「またあ。本当？」

「それはそうやろ」

どうでしょう。よーく観察していると、蛍は一分間に六十回くらい点滅するんですが、ふうわり、ふうわり、少しずつ赤くなって、ぽーっと輝いたら、すっと消える。リズムがあるんです。だから人の詩情をかきたてるのかもしれませんね。古くは平安の頃から多くの歌人が歌を詠んでいます。

もの思へば　沢のほたるも　わが身より

あくがれいづる　魂《たま》かとぞ見る

和泉式部が貴船川《きぶねがわ》の蛍を見て、詠んだものです。貴船川というのは、貴船神社のわきを流れている清流です。それをさらに上っていくと花背に辿りつく。ということは、私が手にした蛍は、その末裔かもしれなくて――。

「ない、ない」

と、現実的な夫が否定するのでした。

持ちかえった蛍は、玄関の大瓶に挿した枝ものの葉裏にそっと放してやりました。弱っているのか、はたまたそんな気分じゃないのか、蛍は光ることなく、じっとしています。けれどごそごそと枝を揺らすと、それには反応して、ぽーっとお尻を光らせます。あっちが消えると、こっちが光る。もちろん部屋の灯りはつけていません。竹ではありませんが、かぐや姫でも生まれてきそうなほど、幻想的な光です。

「ねえ、きれいだね」

「きれいというより、かわいそうやから、明日、御所にでも放してやり」

はいはい。しかたなく、翌日、御所のなかを流れる小川に放しに行きました。無事に交尾して産卵できていればいいんですけど――、無理でしょうか。でも、一年後の六月、御所に蛍が現れたなら、それはうちの蛍の子どもたちです。

花背、貴船などまで行かなくても、たとえば上賀茂《かみがも》神社の御手洗《みたらし》川には、毎年、聖なる蛍が現れるときききます。ただ私たちが見に行ったときは、迷子のような蛍が一匹、水辺で光っているだけでした。たまたま蛍のご機嫌が麗《うるわ》しくなかったのか、はたまたやはり、町なかに現れる蛍は年々、減ってきているのか、どうなのでしょうか。

やはり蛍で有名な「哲学の道」は六月になると、人間の手によって、蛍が放たれるようです。養殖の蛍です。でも、蛍はホタル。ふうわり、ふうわり飛んでみせる姿は、地元の人たちも自転車から降りて、見とれるほどです。この季節、「鹿ヶ谷《ししがたに》山荘」で食事をすると、私たちは哲学の道まで歩いて下りてみます。蛍を堪能してから、家路につく。一度など、タクシーは拾わず、小一時間ほどの道のりを、家まで歩いて帰ったことがありました。

京の奥座敷といわれる貴船で、渓流のせせらぎに舞う蛍を眺めつつ、川床料理を楽しむ、という趣向もありますね。鮎《あゆ》と鱧《はも》は絶対、出されるでしょうね。でも京都の川床で食べる鮎、鱧は、東京の、エアコンがきーんと効いているような料理屋さんで食べる、それとはおいしさが違います。涼しさを目で補いながら食べるから、夏の料理というのはおいしいんだと思うのです。化粧塩を打たれて、しなやかに身をくねらせた鮎が、水を打たれた青笹の上に、きゅっと盛られている。そばには緑色のたで酢。貴船川で冷やされた風を、扇子で首のあたりに集めながら、箸でほぐす鮎。おいしくないはずがありません。

京都の夏は暑い、暑いと喧伝されすぎかもしれませんね。うちの夫も毛穴が汗でつまるような暑さだと言いますが、盆地ならどこでも同じでしょう。確かに気温も三十七、八度を超えれば、涼しくはありません、暑いです。でもね、過ごし方ひとつで、京都はいかようにもなるまちだと思うんです。私は春より秋より夏の京都が好きですね。

いちばん京都が京都らしく見える季節ではないでしょうか。六月一日になると、京都はまちも衣替えをします。たとえば老舗の暖簾《のれん》、「一保堂」さんのところでは、茶色から白の暖簾に替わります。

それだけじゃありません、町家《まちや》の様子も変わります。建具替えが行われるのです。旧暦の頃は、六月一日にきっちりしていたんでしょうが、新暦では少し肌寒い。それを押しても一日に行う家もあるし、夏至を過ぎてからのところもあるようです。

建具替えをし、夏のしつらえにする、少しでも涼を呼べるように、せめて目では涼を感じるようにと、京都の人は昔からさまざまな工夫をしてきたんですね。障子、襖といった建具は外してしまい、代わりに葦戸《よしど》を入れたり、御簾《みす》を吊るしたり、軒下には簾《すだれ》を下げます。京町家というのは、この夏のしつらえがされたときが、いちばん美しいような気がします。「あわい」「透け」が、ここへきてようやく生かされるのですね。

夏至の頃というのは、日差しの色がいちばんあざやかでしょう。その日差しを御簾や簾で遮っていますから、室内はかなり薄暗いんです。しかし日差しは簾のすきまから、すーっと光る糸となって入り込んできます。あるいは格子戸から差し込む短冊模様の日差し。その陰影はそれこそ外国人なども感嘆の声をもらす。日差しの筆の芸術だと思います。

畳にも網代《あじろ》（籐を網代編みにした敷物です）や、油団《ゆとん》（和紙を柿渋で何枚にも張り合わせた敷物）を敷きつめます。油団はまるで葛の上にすわったような質感。やわらかくて、ひんやりしている。見た目も畳よりずっと涼しげです。坪庭に植えられている棕櫚竹《しゅろちく》も、敷石も、すべては夏に涼を呼ぶため、計算されて植えられているんです。あの棕櫚竹というのはわずかな風でも、感応して揺れるんですね。しかしわずかな風であっても、坪庭ですから、待っていても吹きません。ですから打ち水をして、風を起こすのです。まるで秀吉ですね。坪庭か、奥の座敷庭のどちらか一方の敷石に水を打ちます。するとその温度差で風が起きるというわけです。一千年の生活の知恵でしょうか。ものが揺れるさまは、人の心をほっとさせるようなところがあります。旧家では、棕櫚竹だけではなく、わずかな風でも揺れるようにと、庭先の軒下に、葛布《くずふ》暖簾《のれん》を下げるともききました。

その葛布、あるいは御簾を透かして、眺める夏の庭は眩《まばゆ》いばかりです。

暑くない空間より、暑さをついぞ忘れる空間のほうが、贅沢だと思える瞬間です。昔は室町《むろまち》（もろまちと発音する人もいます）通のような洛中でも、夜には蛍がふうわり、ふうわりと舞い訪れることがあったといいます。葛布の向こうの蛍——、さぞかし雅びだったことでしょう。

貴船川だけでなく、鴨川にも床《ゆか》が出されます。これ、まさしく京都の夏の風物詩です。この床を見ると、私などは、ああ、京都に夏が来たんだなあとほっとします。さすがに鴨川は貴船川と違って、水も冷たくありませんし、清らかでもありません。けどもちろん隅田川のような臭いはありません。鱗《うろこ》のようにきらめきながら鴨川はゆっくりと流れていきます。それに合わせるように風もゆるりと流れていく。東山もどっしりと腰を下ろしている。夏至の頃の夕暮れはなかなか暮れそうで暮れない、まるで昼と夜の時間の凪《なぎ》にあったようです。そのゆるやかな流れに身をまかせて、星が落ちてくるまで、家では味わえない夏に舌鼓を打つ――。これ、京都ならではの贅沢ではないでしょうか。

京都の夏は、蛍にしろ、町家にしろ、料理にしろ、水が関わっているのですね。そういえば一昨年の夏でしたか、近所の路地《ろうじ》で、小さな女のコが金盥《かなだらい》で行水している姿を見ました。おじいさんがホースで撒く水が飛沫となって、通りへと大きな弧を描いていたのと、女のコが丸裸だったのを、よーく覚えています。行水ですから、すっぽんぽんがあたりまえなんですけどね。足を止めてじっと眺めてしまったのは、どうやら私だけのようでした。

京都、いつまでこんな「むかし暮らし」に出会えるのでしょうね。

7　祇園さんのお祭り

もちろん京都に来るまでも、祇園祭という存在は知ってました。テレビのニュースでも毎年、流れるでしょう。京都のまちの真ん中に、巨大な神輿《みこし》（その頃は神輿だと思ってました）がいっぱい出るんですよね。それを見物するのに、全国から観光客が集まってくる。二時間もののサスペンスドラマなんかだと、この人込みのなかで殺人が行われる、と。あれ、違いましたっけ？

「何、言うてますのや」

本当にね、何、言うてますのや、ですよ。今、そんなことを言う東京人がいたら、

「そこにちょっとすわって。いくら何でも、それはもの知らなさすぎや」

と、私は説教すると思います。

しかし三年前はこんなものだったのでした。でもこれ、私だけでなく、おおかたの東京の人間はこの程度しか知らないんじゃないでしょうか。どんなに情報が流されても、自分が興味を持っていないと、記憶には残らないでしょう。おまけに私は、京都に来るまでは、どうも生理的にお祭りが苦手だったんです。

ところが、その年の七月でした、うちの夫が、

「七月はなるべく京都にいるようにしたほうがいいよ」

というのです。当時はまだ東京にいることのほうが多かったんですね。

理由を訊ねると、祇園祭だからだという。

「お祭りなんて、一日でしょう。その日は帰ってくるからさあ」

すると、うちの夫、あきれたような顔をして、

「あのね、祇園祭は一ヵ月かけてやるものなの。あなたも一応、京都に住むようになったんやから、そのくらいは知っておかんとね。はい、これを読んでおくように」

と、自分の本棚から、ご丁寧にも祇園祭について書かれた本を取り出してくるではあ

りませんか。

「え？　い、一ヵ月？　一ヵ月も神輿、担ぐの？」

「あほか。ああ、もうあかん。あんなあ、あれは神輿やない。ま、読んでから、ものは言い。僕やからええけど、京都の人とはそれまで口きかんほうが、身のためや」

「何、はあ？」

と、納得はいかぬまま、しかしペラペラと本をめくることとなりました。

でも、やっぱりあんまり興味がなかったですから、それほど頭には入らなかった。

確かに夫がいうように、あれは神輿ではなく、山や鉾《ほこ》と呼ばれ、基本的には担がない、曳くものなんですね。この山や鉾を曳くパレードのようなものを「山鉾巡行《やまぼこじゅんこう》」といい、これは七月の十七日に行われます。この祭りのクライマックスです。じゃ、一ヵ月（正確には七月一日から二十九日まで行事があるらしいです）何をするのか、といえばその準備や、それにまつわる祭事がいろいろ執り行われるらしいんですね。

準備といえども、ただの準備ではありません。これも祭りに組み込まれているのです。すべて一千年の伝統行事というわけです。七月二日は山鉾町の代表者たち一同が紋付きの羽織袴を着て、京都市役所の市議事堂に集まります。山鉾は今は全部で三十二あるんですけど、その昔、巡行のときの順番争いでもめたとかで、市長立ち会いのもと、くじ引きが行われるんですよ。ところがこのときのいでたち、伝統行事ですからね、市長も羽織袴姿なんです。近代国家を象徴する議事堂に、羽織袴ですよ。京都新聞の紙面でそれを見たときは、新手のコスチュームプレイかと思ったものでした。七月中はほとんど連日、京都の祇園祭といった感じで、その模様が紙面を飾ります。

祭りというより、市あげての伝統文化事業なんですね。

十日を過ぎますと、山や鉾の組み立てがはじまります。それが終わると、いよいよ宵《よい》山《やま》。祇園祭イブみたいなものですね。組み立てた山や鉾を、各町内の通りに飾り、旧家ではこのときばかりは、先祖代々受け継いでいるお宝の屏風《びょうぶ》を、蔵から出して、表に飾ります。ですから宵山のことを別名「屏風祭」と言うらしいですね。

じゃ、なぜこのお祭りのことを祇園祭というか、ご存じですか。東京の人間なら、祇園といえば、舞妓、芸妓さんがいる花街ですよね。ですから私もあの祇園のお祭りなのかなあ、と思っていたわけです。ところがです、祇園祭の中心となる、山鉾町は、祇園よりずっと西、室町通とか新町通といった、大店《おおだな》の呉服商が並ぶ通りです。だったら室町祭とかにすればいいのにね――、などと京都の人間に言わなくてよかったです。

祇園祭の祇園は、祇園八坂神社の「祇園」だったのです。京都の人は、八坂神社のことを「祇園さん」と言う。祇園祭は、その祇園さんのお祭り、祇園さんの氏子《うじこ》さんたちのお祭りなんです。

「祇園さんいうたら八坂さんのことに決まってるやろ」

と、京都の人はいらいらして言うのではないでしょうか。

でも、京都の人が思うほど、東京人は京都を知らないんですよ。雰囲気とか、つまらない噂話のようなものは知ってるんですけどね。それが証拠に、観光スポットに行くと観光客たちの会話が耳に入ってきますけど、みんなけっこうトンチンカンなこと、言ってます。しかしトンチンカンながら、私を含め、みんな感動してるんですよね。そこが京都パワーなんだと思います。

ただ、知れば知るほど、京都はもっと面白くなる、それは事実だと思います。

やはりこのお祭りも起源は平安時代、一千年もの、でありました。

平安時代の初期（八六九年）、鴨川の水害で疫病が流行ったんだそうです、町衆《まちしゅう》たちは厄神の退散を祈願して、矛《ほこ》を六十六本、建てたのが起源なんだとか。山の原型が現れたのが九九九年。それが、だんだん雅《みや》びやかで華やかなものになっていったわけですね。

平安時代の終わりの頃の絵巻には、公家の女たちが馬に乗って、その行列に加わっている様子が描かれているようです。平安時代の女性（貴族）は強かったんですね。ちなみに山鉾巡行、今は女人禁制です。今年（一九九八年）は月鉾が京都在住の外国人（ただし男性）を参加させたことが話題になりました。が、女性はまだ※。お相撲と同じですね。外国人を土俵に上げても、女人は文部大臣でも入ること、これまかりならん、でしょう。

応仁の乱（一四六七年）のときは、しばらく戦が終わったあとも、途絶えていたようです。何てったって、京都は焦土だったわけですから。しかし町衆たちの手により、明応五年（一四九六年）に再興。そんなふうに何でもかんでも明確に記録に残っているのが、さすが京都ですよね。たかが祭りなのにね、なんて考えはどうやら間違いのようで、この祭りこそ、武力、権力を持たぬ町衆たちの心のよりどころだったようです。

はじめての祇園祭は、宵々山の日に東京から戻ってきました。京都駅からタクシーに乗っていると、何だかまちがざわざわしてるんです。警察も出ているし、何十という駒形提灯がぶら下がった山、鉾がもうすっかり組み上げられています。

「何か、町中、すごいことになってるみたい」

と、夫に言いましたら、とっても満足そうに、

「せやろ？　せやから言うてたんや。先輩の、先斗町《ぽんとちょう》のボンがおるやろ、あの人なんか、七月になると、そわそわして落ちつかへんようになるからね。学校にも来《き》ーひんようになるし。血が騒ぐんやて」

さっそく宵々山に出かけましたが、山や鉾が飾られ、通りの脇には夜店（ジャンボ焼きとりはかなり美味です）がずらっと並びますから、もう十メートル行くのに、十分かかるというような人の大渋滞。室町通とか新町通はただでさえ道幅が狭いですからね、人の流れも一方通行で制限はしてるんですけど、車のようには徹底できませんから。

その人出の主は、もちろん年配の観光客もいますが、ほとんどは京都の若い男のコ、女のコ。女のコは浴衣姿です。

「京都は若いコでもお祭りに関心があるのね」

と、言いましたら、夫いわく、

「ちゃう、宵山は年に一度の大ナンパ大会」

とのことでした。学生の頃は夫も繰りだしたようで、はい。

その翌日の宵山は、新町通の南観音山《みなみかんのんやま》の山鉾町にある吉田家の奥座敷にお邪魔させて

いただく好機を得ました。吉田家というのは明治末期の町家意匠《まちや》がよく伝えられている町家として、京都では有名なお宅なのですが、こういう旧家では、この日は客を招いて、一献《いっこん》を出してくれるのです。観光客は表の格子戸の隙間から、もう鈴なり状態で、お宝を拝見しています。そんななかをすっと入っていく気分のよさ。本格的な町家を見るのは、このときがはじめてでしたから、もう何もかもが感動でした。そこには日本の「むかし」が、大切に残されていました。

私が京都に傾倒していったのは、そのときからだと思います。

家へ帰ってから、夜通しで祇園祭について書かれてある本を読んでいました。

※追記　これを書いた二年後の二〇〇一年七月には、祇園祭山鉾連合会の理事長さんが、巡行への女性参加を容認する方針を打ち出し、新聞などでも話題になりました。でも、実際の女性参加はまだまだ少数のようです。

8　祇園祭の京都人

祇園祭にかける京都、それも洛中の人々の情熱は、東京人にはちょっと理解できないものがあります。祭りは、元来、血が騒ぐものだと言いますが、さる家元のお嬢さままでもが、

「七月になると、何やら落ちつかないんです」

と言うのです。この感覚、長野オリンピックのときの長野県人以上のものがあるのではないでしょうか。足が地につかないような、仕事が手につかないような——。

「何や、気ぜわしいて、食事の約束とか、そういう気分にならないんです」

山鉾町の一つである某町の旧家のお嬢さんも、そんなことを言っていました。

ふだんはどちらもおっとりとしているんですよ。

宵山は、一名「屏風祭」の名があるように、祇園祭のときは、旧家では、店の間に先祖代々伝わるお宝を飾る慣習があるのです。奥座敷には客人を招く。当然、年に一度のハレの日ですからね。私が旧家の嫁であっても、大晦日の大掃除より、力は入る。きっと何日も前から、せかせかと格子戸の桟を拭いたり、通り庭を掃除したりするでしょうね。それだけじゃない、屏風が少しでも美しく見えるように、その置き方の角度をいろいろ試してみたり、何の花を生けようか、どの花器を使おうかと、お蔵と店の間を行ったり来たり――、確かに張り切るとは思います。

何といっても、ここが旧家の嫁のセンスの見せどころですからね。

でもね、嫁だけでなく、老若男女がそうなのです、活気づくのです。

七月になると、京都人の体温は一度くらい上がるのではないでしょうか。

「私らが守っていかんと――」

という、矜持《きょうじ》とともに、熱い使命感を持っている。

いいんじゃない、あなたたちが勝手にやってれば、でも私たちは関係ないしー。

というふうに、東京人ならなると思うのですが、京都の場合は、それが京都市あげてのお祭りとなる。もしかすると、興味がない人もいるんでしょうけどね、

「あんな祭り、なくなってしもたらええんや」

という声はきいたことがありません。

京都というのは面白いところで、こういう伝統文化、古いもんを守っていこ、という保守的な考えが、左寄りになるんだそうです。いいや、活性化せなあかん、高層ビル、建てよ、橋をつくろ、というのが、右寄り。それを共産党の人から聞いたとき、どうりで京都は共産党が強いはずだと、私はひとり合点がいったのでありました。

京都人にとってはあたりまえのことなんでしょうが、祇園祭の山鉾巡行の順番を決める「くじ取り」を、市長（紋付き袴）立ち会いのもと、京都市議事堂で行う、というのも、東京人には違和感を感じるものです。八坂神社の宮司さん立ち会いのもと、神社で、というのならわかるんですけどね。

「祇園祭は、町衆《まちしゅう》の力で今日まで受け継がれてきた、京都のまちが世界に誇る、貴重な民族文化財であり、京都に生きる私たちの誇りであります」

山鉾巡行のときに配られていたチラシに寄せた、京都市長の言葉です。

「神事としきたりと伝統とを尊重しつつも、常にその時代〳〵に、町衆が抱いていた問題意識と英知をふまえて、祭りの活性化を図ってきた京都の市民精神の華が、祇園祭の歴史であるとご理解頂きたいと思います」

これは祇園祭山鉾連合会の理事長の言葉です。

祇園祭というのは、千年の長きにわたって、京都人の心のよりどころだったのでしょうね。しかし、京都市あげてのお祭りではありますが、山や鉾を出すのは、祇園さん（八坂神社）の氏子の、現在は四条通をはさんで三十二という町に限られています。ですから、山鉾町というのは、京都のなかでもブランドなんです。

「あのお人は、××山を出す○○家の奥さんや」

というような説明を受けることがよくあります。東京人だと、ふーん、そうですか、で終わるわけですが、京都の人なら、はあ、あそこの、ということになるんですね。たぶん、山鉾町の大店《おおだな》の旦那さんのほうが、京都に本社を置く全国的に有名なメーカーの社長さんより、京都では信頼あるのではないでしょうか。たとえ今はもう店を畳んで、畑違いの職業（学者さんとか）に就いていてもです。それはどんなに有名な芸能人でもかないません。離婚したときに本を出した歌手の人が、京都のお茶屋で、芸能人には口座を開かないと断られた、歌舞伎役者はいいのに、なぜ自分はだめなんだというようなことを書いていましたが、それはそうでしょう。祇園のような花街では、白足袋さんは別格とききました。白足袋さんというのは室町（山や鉾がいくつも出る通りです）や西陣の旦那さん、お坊さん、歌舞伎役者さん――。

山鉾町の旧家は、それだけ一目を置かれる存在であるからこそ、使命感も生まれるのであろうし、一種のノーブレス・オブリージュで、昔ながらの町家暮らしや、この祇園祭も継承していっているのだろうなあ、と思ったりするのです。

そういう山鉾町ではありますが、人口の減少はどうすることもできません。かつては町家が美しく並んでいたという通りも、昨今は見る影もなし。マンションや駐車場、ビルの狭間に、町会所や旧家がぽつんぽつんと残るようなありさまです。本当のことを言ったら、景観を壊すマンションの住人とは、町の人たちも、つきあいたくはないのでしょうが、そういうことを言っていては、もはや祇園祭は維持できません。基本的には、町会費で維持していくものでしょう。ある山鉾町では、十年前にマンションが出来たときに、先代のご当主さんが、マンションの住人にも、希望者には月に二千円の町会費を納めることを条件に、その門戸を開いた、ということでした。

「たぶん、うちが最初やったんやないかと思います」

　そう、お嬢さんがおっしゃってましたが、町会所に貼ってあった宵山の当番表（お宝の番と、観光客相手の店番）を盗み見たら、三分の二の氏名に、部屋番号がついてました。昔、一戸の町家があったところに、数十戸の世帯が入ってるわけですからね。背に腹はかえられない、ということでしょうか。それに維持費だけでなく、山を曳くにはそれなりの人数もいります。行列はやはり長いほうが見栄えがする、裃《かみしも》つけた供衆の数が多いほうがいいでしょう。

「よそから来はった人は、袴とかはじめての方が多いでしょう。用意したはええけど、どうやって着るんかわからへんと、うちに駆け込んでこられたり、そうかと思えば、冬もんの袴を穿《は》いてきた人もいて、あわててうちの母が、あんたさん、それはあきまへん、言うて、亡くなった父のをお貸ししたり、いろいろ面白いことがありますす。自分とこのご主人がそんな恰好するの、滅多にないことやから、マンションの奥さんたちはビデオ片手に追っかけさんみたいに、付いて行かはるし。私らは、祭りのあいだは、お客さんが来はるから、家にいんならんのですけど」

　そんなことも旧家のお嬢さんからききました。

「そうか、山鉾町に町家借りたら、僕も参加できるんやな」

「そやけど、ああいう真ん中は、町家自体がもうあんまりないし、まして空家で、貸してくれるところなんかないと思うわ」

マンションならすぐに見つかるんでしょうけどね。

さて、京都の人たちにとって、自分の子どもが、長刀鉾《なぎなたほこ》（山鉾のなかでもいちばん格が上。くじとらずで、毎年、この長刀鉾が先頭です）のお稚児さんに選ばれるのは、とても晴れがましいことらしい。地方新聞には写真入りで大きく紹介されますしね。

北山の資料館でめくった分厚い資料本には、ここ何百年にわたる歴代の長刀鉾のお稚児さんの名が、すべて記録されていました。お稚児さんは神さんの使いと言われて、昔は従五位（十万石の大名と同じとのこと）の位を授かっていたのだとか。わが子であってわが子ではないというわけです。お稚児さんになると、その期間中は、家長である父親より、位が上になる。ですから、維新後でも、それこそ昭和の頃になっても、

「そのときだけはお風呂も、父親より先、食事も上座になりました」

というような名残りがあったようです。

祇園祭というのは、全国にもあるらしいですね。母の里である大分県の日田市にもあ

ります。しかしなるほど京都市長が市民の誇りというように、その山鉾の数、大きさ、豪華さは、地方には類のないものです。いちばん大きな長刀鉾になると、重量は十二トン、鉾頭までの高さは二十五メートルにもなるのですから。

しかも室町時代にはすでにこんな巨大な鉾が登場していたのだそうです。それぞれの山鉾町が競い合っているうちに、ここまで大きく、きらびやかになってしまったらしい。山鉾を飾るタペストリーの大きさ、派手さもそうです。桃山時代から江戸にかけて、世界では大航海時代がはじまり、遠い異国のものが入ってくるようになりました。当時の京都の人にとっても、南蛮もの、舶来ものというのは、別格だったんでしょうね。

今なら、日本古来の伝統的な祭りに、ヨーロッパのものはいかがなものか、と物議を醸すところでしょうが、当時の京都人たちにそんなこだわり、あるわけがありません。

十六世紀のベルギーのゴブラン織のタペストリーあり、ペルシャ絨毯《じゅうたん》あり、インドの更紗あり、それはもうインターナショナルです。重要文化財に指定されているものも少なくありませんしね。重文のパレード、動く美術館、などと称される所以です。しかし趣味がいいかというと——、これがお世辞にもいいとは言いがたい。かなり京都にはあるまじきけばさです。もっとも私が、京都にわびさびのイメージを求めすぎているのだとは思いますけどね。

「京都の人は、祇園祭になると、性格とか趣味が変わるんと違う？　あのおっとりとした××さんが、せかせかと、心なしか早口になるし。それに趣味が悪くなる」

「そうか？」

「山鉾町なんかの旧家の京都の人いうんは、表に出たがらないて、よく言うやない？見せびらかしたりするのは、いちばん恥ずかしことやと思うのに、祇園祭では、お宝の屛風をこれ見よがしに飾るし、もう性格が変わったとしか思えへん。それときわめつきはあの山とか鉾の飾りつけのセンス。赤と金だよ、赤と金。ふだんの京都の人なら、御簾かなんかをぶら下げて、あとは蒔絵《まきえ》だけとか、そういうのを好みそうじゃない」

「ふーん、せやけど、お祭りていうのは、そういうもんなんと違う？　地味やったら、祭りにならへん。精神が高揚してこそ、祭りやもん。日本だけやなし、どこでもせやろ」

「リオのカーニバルとか？　ま、趣味の悪いもんほど、心はえてして高揚するかもしれへん。わびさびの世界に入ってしもたら、盛り上がりはせーへんな」

ふんふん、と納得したり、納得しなかったり——。

ま、みなさんも一度は、京都の祇園祭を見に来られてはいかがでしょうか。

人波で、高波やらうず潮が起きるほどのにぎわいですから、そのなかで山鉾の巡行を
じっくりと眺めるのは、至難の技のようにも思いますが、

「見えた、見なかったか、などというのを騒ぐのは末の話」

「祭りどきの都大路のありさまを何くれとなく目に収め、そのとき心に立つさざ波を面白いと思うのが、祭りを楽しむということです」

と、『つれづれ草』には書いてあるんだそうです。

暑苦しい人波のことはしばし忘れ、自分の心のさざ波の音をきく。

なかなか私たちにはできることではありませんけどね。

9　赤くないマクドナルド

京都で部屋を捜すことになったとき、私としてはやはり駅に近いことや、コンビニエンスストア、スーパーマーケットに近いことを条件に挙げました。しかし夫は、「せっかく京都に住むんやから、そんなこと言うのやめような」「文明」より「文化」のあるところにしようというのです。その頃は、京都住まいは二年間（夫が大学院の博士課程の単位を習得するまで）の予定でした。東京の自宅と同じような、戦前までは畑だったような住宅地に部屋を捜すことはないではないか、ここは日本の古都、京都なのだぞ、と言われれば、その通りです。

バス便しかない、重文級のお寺や桜の名所のそば、といったマンションをいくつか見に行きました。しかしいくら重文級の借景付きとはいえ、まずは室内からですよね。その室内がねえ、家賃のわりに、どれもサイアクなんです。家賃が高くなると、ふつう内装のグレードも上がりますよね。ところが京都の場合は広さにしか比例しません、と言いたくなるほど。いえ、一見、豪華にはなるんですけど、安普請なんです。あまりに内装がよくないので、じゃ、予算よりも高い物件を見にいこうかと、京都では最高級の部類に入るというマンションも見に行きました。外観はかなりのグレード(一部、屋根に銅が使われてましたから)でしたが、なかに入ってみたら、リビングルームなど、三流のホテルの宴会場のような「お寒さ」。シャンデリアがぶら下がっているのです。で、絨毯は爪先が埋もれるくらいの毛足で、色はうす紫。アコーディオン・カーテンつき。どうします?

「メゾネットになってますから、お二階のほうもどうぞ」

と、不動産屋さんに言われましたが、

「いえ、もう、はい、一階だけでじゅうぶん、わかりましたから」

そそくさと、出てきてしまいました。

絨毯がピンクというところもありました。いまどき絨毯がピンク。ピンク。でも、借りる人、いるんですよね。いるからピンク、うす紫なんですよね。

東京の賃貸マンションというのは、グレードの高いものはおしなべてシックです。私、ひと頃、分譲、賃貸問わず、モデルルームめぐりをよくしてましたので、ちょっと詳しいつもりです。カジュアルなものになると、天井に傾斜をつけたり、メゾネットにしたり、猫足のバスタブにしたり、板張りのルーフバルコニーをつけたり、壁がアール（曲線）になっていたり、いろいろな「ウリ」をつくっています。競争が厳しいですからね。おまけにバブル崩壊後は賃貸マンションの家賃もぐーんと下がりました。前の仕事場のマンションなんか、交渉したら、家賃、十万円も下がりました。

「それを、京都に求めるのは無理！」

それは私もわかっていたつもりでしたが、まさかここまで貸手市場とは。おかげで捜しはじめてから決めるまでに半年もかかりました。ですから京都にマンションを借りるまで、数ヵ月の別居結婚をするはめとなりました。夫がひとりで住んでいたアパートは学生専用のものでしたので、部屋を借りるまでは京都では同居できなかったのです。

それに、関西と関東じゃ、家賃のシステムが違うんですね。これ、常識なんですか？

京都では敷金、礼金というシステムはあまり一般的ではないんですよ。住居マンションでも東京のテナントビルのような保証金システムをとるところが多い。ところがけっこう安価な家賃でもゴロッと取るんです。おまけに今どきですよ、契約更新のたびに、家賃が上がるんです。

その一方で、中京の友だちの実家なんか、ここ二十年、店子《たなこ》の家賃、据え置き、お値段、何と三万円。居住権が発生しているから、出てもらいたくても出てもらえないんだそうです。京都の賃借住宅事情というのは、真ん中がないんですね。両極端。

それともうひとつ、これもよそは知りませんが、うちのマンションは入居時に、納税証明書を提出させられました。おまけに保証人が二人必要、うち一人は京都在住の人にしてほしいというのです。東京人じゃあかん、というのです。さらには保証人の納税証明書も提出してほしいといわれました。そんなこと、頼めませんよね。さすがにそれは勘弁してもらいましたが。しかしあのう、家賃的にいえば、うちのマンション、決して高級というようなものではないんですよ。なのに、この厳重さ。東京では六、七回、賃貸契約をしましたが、納税証明書を提出しろ、と言われたのは後にも先にもこのときばかり。肩書のエッセイストというカタカナが胡散《うさん》臭かったのかもしれませんね。せめて作詞家にしとけばよかったかなあ。「家」だと、ちょっと堅そうでしょう。余談ですが、京都で信用があるのは、三者一僧だそうで（三者の三は「医者、学者、芸者」だそうでございます）。ですからね、言われましたよ。

「ここのマンションの住人さんには、単身赴任の新聞社の京都支局長さんとか、京大の先生とか、府立病院の先生とか、いはりますから」

そこまで言われても、借りるしかなかった私たちでした。だって他になかったんです。ま、内装は安普請ながらシンプルでしたし、地下鉄の駅から近いというのと、御所の南で眺望がよい、あたりは裁判所や新聞社があるオフィス街&住宅地なので夜は静か、という点が決め手となりました。

住んでからいちばんうれしかったのは、ゴミの収集が毎日あること（これは京都市が、というわけではなく、マンション自体が業者と契約しているんだそうですが）。おまけに東京と違って、京都は燃える、燃えないの分別ゴミがありません。粗大ゴミとリサイクルができる空き缶、空きビン、ペットボトル以外は、発泡スチロールはもちろんのこと、割れたお皿も、切れた電球もみんな一般ゴミで出してしまうのです。私は、それを知らなくて、管理人さんから「そういうものは一般ゴミで出してください」と、言われるまで、ガラス類のゴミ（電球とか、割れたガラス、お皿など）や、金属もの（アルミホイルからはじまって、すべての缶、不要のお鍋など）のゴミは分別して、捨てておりました。空きビン、空き缶というのは、ガラス類、金属類の総称だと思っていたのです。

この話、京都に住んでいる人に話したら、大笑いされましたが、

「うちら、東京へ行ったら、戸惑うやろな。せやけど、何でお惣菜の、プラスチックみたいな、あのトレイが燃えないゴミなん？　あれ、燃えるえ」

「あれは燃えるんやなくて、溶ける、と東京人は理解しております。有毒ガスが出るの」

「ふーん、何や納得できるような、できひんような……」

所変われば、ゴミ変わる。

それだけではありません、所変われば、ロゴ変わる。

ご存じですか、京都のマクドナルドの看板って、赤くないんですよ。うちの近く（烏丸丸太町）のマクドナルドは茶色です。最初の頃は、この茶色の看板、見るたびに、うわっ、まずそう、と思ったものです。だって、お肉って、古くなってくると、茶色に変色するじゃないですか。それを連想させるんです。マクドナルドの赤というのは単に目

立つというだけでなく、新鮮《フレッシュ》ビーフの象徴でもあると思うんです。それが茶。茶色に黄色でMのマーク。想像してみてください。いかにもまずそうでしょう。場所によっては白というところもあります。白のマクドナルド。ま、茶色よりも美しいような気がしますが。

しかしねえ、マクドナルドもご苦労さまでございます。ま、自主的にではなく、これ、京都市のほうより、そのような「お達し」がなされているらしい。屋外広告条例で、けばけばしい色をつかってはいけない、というふうに規制がされているのだとか。お店を出すときには、あらかじめ屋外広告の「お伺い」をたてなければならないんだそうです。ただ、私が知っているかぎりでは、河原町通のマクドナルドは新鮮な赤を使用しています。あの通りは他の店や会社もマクドナルド以上の「けばけばしさ」ですから、たぶんこの条例ができるまでに出しちゃった広告に関しては、指導外なんじゃないでしょうか。

余談ですが、丸太町通には日本共産党のビルがあるんです。夜になると、「日本共産党」という立派な看板に灯がともる。色ですか、もちろんアカです。けばけばしくはないですけど、赤信号と同じくらいに、遠くからも目立ちます。いえ、重みのある赤でございます……。

東京にいる頃は、もうマクドナルドという年齢ではありませんし、ほとんど利用することはなかったのですが、茶色の看板を「まずそう」から「かわいそう」「ありがとう」と思うに至ってからは、積極的に利用するようになりました。古都の景観に配慮しようとしている、そのアメリカ的(?)な精神に、敬意を払おうと思いましてね……。

行政側の苦労もわかるのですが、しかし赤はケバい、白や黄はケバくないというのは、杓子定規すぎますよ。赤のマクドナルドは指導して、オレンジのコンビニエンスストアは指導しない、というのはねえ。それも二十四時間営業ですからね。最初に書いたように、私は部屋捜しの基準にコンビニ至近距離を挙げたくらいの、コンビニ族です。京都に来るまでは、真夜中、翌日発売の週刊誌が到着する頃、行くことを、日課と致しておりました。コンビニエンスストアまで徒歩十分はかかる今だって、よく真夜中、夫とブラブラ出かけます。しかしそんな私だって、御所の真ん前にコンビニができるのは絶対に反対です。コンビニエンスストアというのは、ただの販売店とは違います。その精神のありよう、「コンビニエンス」というお手軽さは、古都という情感のある地域には、そぐいません。御所だけでなく、寺社の門前や、祇園なんかにこれがあったら興ざめでしょう。

ところが祇園、八坂神社の真ん前にできたんですよね。四条が東大路通にぶつかる角地に。青色のロゴのコンビニです。これがまた目立つ、何でも行政の指導でより濃い青になったのだそうです。薄くするならわかりますけどね……。聞くところによると、かなり繁盛している様子。祇園というと、一見さんお断りのイメージが強く、ちょっとしたお店にも入りにくいところがあります。そこいくとコンビニはフルフェイスのヘルメット着用者、ペット同伴者以外は、誰でもウェルカムですからね。観光客や修学旅行生にしても、夜、煌々とついているコンビニエンスストアの蛍光灯の照明に、ふと「息抜き」を求めるところもあるかもしれません。しかしわざわざ京都に来て、行くことはないでしょう。

修学旅行で思い出したのですが、四代目の京都駅ビル。今、修学旅行に来ている連中が、大人になって、その京都で何を覚えているかと想像するとき、ちょっと寒くなります。

「いやー、いろいろお寺とか、見ましたけど、どこが印象に残ってると言われてもねえ、もう昔のことだからね、忘れちゃいましたよ。ただ駅ビルがすごかったのと、自由行動のとき、祇園でけっこう大きなコンビニ入って、マンガ立ち読みしたのは覚えてます」

なんてことにならないとは誰も言い切れないでしょう。

——部屋を捜すならコンビニに近いところがいい、と言っていたのと同じ人間の、発言とは思えませんよね。ずいぶん私も、京都に来てから変わりました。家庭を持ったことや、年齢的なこともあるかもしれません。

ただ、そうは言ってもマンション住まいですからね。コンビニエンス、合理的という点でいえば、マンションに勝る住まいはありません。

うちの近所の御所南界隈では、このところマンションの建設が相次いでいて、三つの町内会あげての反対運動が行われています。趣のある料亭だった建物がショベルカーで壊され、十階建てのマンションが建つことになったときには、私も相当、がっかりしたものでした。しかし需要があるから、京都のまちなかにはどんどんマンションが建設されているのです。反対運動をしている人から、

「せやけど、麻生さんもマンションに住んではるんでしょう?」

と、やんわりと言われたことがあります。

「鴨川の芸術橋(建設反対運動)のとき、東京の人もぎょうさん反対してくれたけど、

せやけど、あのなかに京都ホテルに泊まらはる人、知ってるえ」
そうなんですよね。「文化」と「便利」はなかなか共存しないものなんですね。

10　右が左　左は右で　上ル下ル

あなたが京都駅で降りるとします。で、左京区にある京大に行くとします。京都駅というのは烏丸口《からすまぐち》が御所（北）のほうを向いているわけですが、烏丸口（京都駅ビル）から乗ったTAXIは、北上しつつ、どこかで左ではなく、右に曲がるはずです。まあ、ご存じの方がほとんどでしょうが、御所の右にあるのが左京、左にあるのが右京なんです。左近の桜、右近の橘も同じでしょう。天皇から見て右か左か、ということなんですね。ちなみに上京《かみぎょう》と下京《しもぎょう》は変わりません。北側が上京で南側が下京。

ですから、京都の人は人に道を説明するとき、右とか左という言葉は使いません。それほど東西南北が身についている、しみついている。あるいは子どもの頃から右が左京で、左が右京で、と覚えさせられた弊害で、左右がときどきわからなくなる――、ということは、いくら何でもないでしょうね。

しかしたとえばＴＡＸＩで、

「そこ、右に曲がってください」

というと、京都出身の運転手さんなら、無意識のうちに、

「はい、東ですね」

と、確認すると思います。

来たばかりの頃、こう言われると、たちまち混乱したものでした。え、東はどっち？　太陽が昇るところだから、えっと、えー、だから、ここはどこ、どっちに向いて走ってるの？　あー、もうわかんない。

「あの、右は東なんですか？」

「はい。今、北に向かって走ってますから。東山が見えるでしょう」

「あー、はい。あの山、東山なんですか。じゃあれは？」

「北山です」

「じゃ、あれは？」

「西山です」

そんなに単純なものでいいのだろうか、と突っ込みを入れたくなるほどのシンプルさ。

あとから、知ってる観光タクシーの運転手さんに訊いたんですけどね。

「おっきな通りやと、だいたい目印になる山があるんです。その山が見えるように、道がつくられたらしいんです。丸太町通とか今出川通は大文字山が見えます。そうです、五山の送り火のときの。あれが見えたら東です。いやいや、東山も北山も西山も一つの山やのうて、連峰の総称です。西山は七十二峰ですよね」

「あー、はいはい。西山は七十二峰です。東山三十六峰てよう言いますやろ」

「よう知ってはりますな。で、北大路通《きたおおじ》は東に比叡山、東大路通《ひがしおおじ》を北に向いたら、松ヶ崎の東山（大黒天山《だいこくてんやま》）――、五山の送り火のときの法の字がある山です、あれがよう見えるんです。烏丸通を北に向かって走ってるときに見えるのが向山《むかいやま》、堀川《ほりかわ》が神山《こうやま》。そやけど北大路通を西に向かって走ってるときに見える大の字は、気ぃつけんと。全然、かたち違いますけど、京都、はじめての人やったら、ちょっとびっくりするかもしれませんね。前にも後ろにも大の字が見えまっさかいに。笑い話ですけど、お客さんが北山の大文字を見て、あれ、運転手さん、方向が違いますよ、と言いだしたんですよ。運転手が、いえ、あれは左大文字のほうですと、説明いたしましたら、お客さん、ますます焦らはって、京都では右が左で、左が右じゃないか、つまり左ということは東だろ、と」

「そうなんですよ、あの左大文字には、私も来たばっかりの頃は、惑わされました。ややこしすぎますよ。だからですか、京都では道を説明するときに、右、左は使いませんよね。東京なんかだと、次、右、その次の信号のところを一方通行を斜めにぐるっと入ってください、というような説明をするんですよ。遠くを言う場合は世田谷方面とか、そういう地名で言いますし。っていうのも、東京というのは京都と違って、環状×号線とかね、幹線道路がサークル状になっているでしょう。西も東もないわけですよ」

「せやけど一旦、慣れると、わかりやすいんと違いますか？」

知らない小路に入っても、山を見て確認することができますからね。

「それと、京都のＴＡＸＩで困ったのは、地名、町名を言っても、通じないことです。必ず通り名を言わないとダメでしょう。××の○○上《あが》ルまで、とか、○○の××東入《いる》まで、と言わないとね。これも最初の頃なんですけど、西陣に行きたかったんですよ。で、御所の南でＴＡＸＩを拾って、西陣、お願いします、と言ったわけです。東京だと、広尾までお願いします、と言えば、とりあえず広尾の方向へ車を走らせてくれる。で、近くなってきたら、そこ右、とか、左とか説明するわけです。ところが京都の場合は、西陣のどこかと、最初に確認するでしょう。私、町名は覚えてたんで、すかさず西陣の大黒町です、と答えたんです。もう完璧、と思いました。番地も百のケタは覚えてましたから。ところが、それじゃあ、わからないという。私も焦って、あのう、近くまで行ったら、右とか、左とか、わかると思うんです。何度か人に連れられて行ったことがある場所なんで——、と言ったんですけどね。それでも運転手さんは車を発車しない。結局、地図で大黒町、探しましてから、向かいました」

「いやあ、それは極端な例やと思いますけど」

「でも一度や二度やないですよ」

「そうですか」

と、運転手さん、合点がいかぬご様子でした。

この京都の言い回し方に、未だ、完全に慣れることができぬ私。今、住んでいるところは南北の通りで、北への一方通行なんですね。とりあえず乗ったときに、

「××通〇〇上《あが》ルまでお願いします」

とは言いますが、たいていは○○通の××通までくると、もう一回、説明しなければならないような雰囲気がね、運転手さんの背中から漂ってくるんです。

これ、上がれたかなあ、一方通行、だいじょうぶやったかなあ、というようなね。で、私は答えなければなりません。そこでいつも小さなためらいがおきるのですね。

「そこ、上がってください」

続けて、

「もうちょっと、上がってください。はい、どうも」

ということになるわけですが、この「上がってください」に抵抗がある。

「わかりました。お客さんがそこまで言わはるなら、上がらしてもらいましょ」

と、言われたらどうしよう――、とまでは思いません。思いませんが、家の近くで上がってください、と言ったら、東京では、そういう意味しかないでしょう。なので、するりと言葉は出てくるんですけどね、言った瞬間、その舌が縮こまってしまうのです。

この話を京都の人にしたら、ひとしきり笑われて、

「そしたら、そこ北に、言うたらええのと違う？　そやけど京都のＴＡＸＩの運転手さんで、そんな言われて、ほな、寄せてもらいます、とか思う人、絶対いいひんて」

のでしょう。

と、言われてしまいました。そりゃ、そうでしょうが、そこが慣習の違いというものでしょう。

京都のこの、上《あが》ル、下《さが》ル、東入《ひがしいる》、西入《にしいる》という住所も独特のものですよね。

中京区寺町通二条上ル――。

たとえば、こう書いてあったとすると、この家（店、会社）は、寺町通に面していま す。しかし寺町通といっても南北に四キロメートル以上ある道です。そのどこに位置するか、というのを表すのが二条上ル、なわけです。二条通との角より上ですよ、北上してください、と親切に道順まで教えてくれているのです。ここまで説明したらもう完璧だろう、と思いきや、先日、東京から来た女性誌の編集者さん、真面目な顔して、こう訊きました。

「テラマチというのは町名じゃないんですか――」

「そう、通りの名前です。口でいうときは、通を略して、テラマチというから、わかりにくいかもしれないけど。丸太町も町はつくけど、町名じゃなく、通りの名です」

「はあ、そうなんですか。じゃ、その上ルですけどね、二条からどのくらい北にあるのかは、どうやって知るんですか？」

「へ？」

私って、かなりもう京都人になってしまっているのかしらん。そうか、ここから説明しないと東京人は理解できないのか、いや、それともこの人が特殊なのかしらん、しばし考える私でございました。念のため、付け加えておきます。二条より一本北の夷川通《えびすがわ》までが、二条上ル、それより北の場合は、寺町通夷川上ルになります。以下同じ。これ、あたりまえですよねえ。

しかしここからはあたりまえではない。頭のなかに碁盤の目を描いていただきたいのですが、寺町通二条上ルは、寺町通夷川下ル、でもありますよね（下ルというのは、御所を背にして進むこと、南下することとです。念のため）。じゃあ、これどっちでもいいんですか？　ということになります。京都の友だちに訊いても、答えはまちまち。

①「近いほうを起点にして、上ル、下ル、言うんやと思う」

②「上ル、というときは北への一方通行、下ル、西入、東入もそう」

③「どっちでもええんとちゃう？　好きなほうで」

さて、市役所に電話して訊ねましたところ、何と③が正解でした。原則的には、住人の自由なんだそうです。その家々によって、どちらの道路を基盤にしているかが違うから、とのことだそうです。お商売をしている家だったら、よりメジャーな（夷川より二条のほうが全国的には通りがいいですよね）道を選ぶかもしれないですね。

しかしこの京都の住所、手紙をくれる人たちからは不評です。いわく長すぎる。

「省略できないの？　中京区××町とか」

七桁の郵便番号を正確に書けば届くとは思いますけど、京都には同じ区に同じ町名が存在するのです。

「だったら、省くなら町名以下を省略してくれる？　でもうちマンションだから、番地を省略すると、マンション名、書かなきゃならなくなるから、字数は増えるよ」

友人、絶句してました。

ただ、京都人も長いとは思っているみたいですね。町名以下は書かないことが多いですから。ふだんは町名、使いませんしね。お店の場所を訊くときも、通り名だけですし、出前や荷物の配送を頼むときも、通り名しか訊かれません。こちらが言ってもメモる様子がない。配達伝票などには、さっきの寺町通二条上ルなら、寺・二上ル、というように記されていたりします。これでわかるんですよ。便利でしょう。

じゃあ、町名はいらないじゃないか、ということになるのですが、

「昔からそうなってるから」

ということになるようです。

町名も面白いのがいっぱい残っています。中京には饅頭屋町《まんじゅうやちょう》というのもある。東京にも、文字通り「味」のある町名はいっぱいあったのに、合理性だけを優先して、記号のような町名に変えてしまった。私は長かろうが、漢字が難しかろうが、京都の昔ながらの通り名、町名が好きです。生活の息づかいが聞こえてくるではないですか。

11　駅ビルは巨大な屏風

私は思うんですけどね、京都は美しく撮影されすぎです。雑誌、写真集、テレビ番組、極めつきはJR東海の「そうだ、京都 行こう。」のCM。京都はあんなに美しいところばかりではありません。

たぶん東京なら銀座にあたるであろう、四条河原町《しじょうかわらまち》。一度、そこの髙島屋の七階に入っている蕎麦屋『尾張屋本家』（創業は室町時代、一四六五年という超老舗の支店）から、その界隈を見下ろしてみてください。驚かれると思いますよ。その醜悪さには、さしもの老舗の蕎麦も、喉を通らなくなるかもしれません。うちの夫なんか、これこそ京都の側面だと、三脚持って、写真撮影に挑んだほどです。見事に汚く上がってました。

　何が汚いって、建物の高さ、デザインがもう不調和の極み、なんです。アーケードで隠れてると思って、まったく。これ見て、私は何を連想したか。生ゴミを捨ててるポリバケツです。アーケードの上というのはキャットウォークが通してあるから、これが魚の骨に似てるんです。御池《おいけ》通から四条通にかけての河原町通は必要に迫られて、ときどき行きますが、ここを歩くたびに、ああ、京都ってセンス悪いなあ、と思う私です。

「和」の美しさは世界が認めるところでしょうが、京都のなかにある戦後の洋ものは失敗例が多いようです。古都のイメージに負けてしまうのでしょうか。その代表例のひとつが、私が思うに、京都タワー。一九六四年（昭和三十九年）に東京オリンピックに対抗して（?）つくられたらしいんですけど。塔といえども、東京タワーなんかに比べると、真っ白でのっぺりとしてて、ヘンなデザインでしょう。これ、燭台と和ろうそくをイメージしたものなんです。設計者は武道館などをつくった人で、京都の人ではないそうですが。

「京都というのはやはり発想が関西なのかなあ」

　と思ったものでした。古都を灯す、巨大なろうそく。

物語としては悪くないと思います。でも、結局は、大阪の道頓堀の巨大なカニと同じような関西イズムを感じてしまう私です。

その京都タワーがガラスの壁に映るように、わざわざ設計されたという京都駅ビル。建築家原広司さん（代表作「新梅田シティ」「ヤマトインターナショナル」など）の手によるものですけど、これも古都には勝てなかった。原さんの友人でノーベル賞作家の大江健三郎さんが、どんなに誉めても、友情の美しさと、大江さんの人柄のよさしか伝わってこない。もちろん私は素人ですから、専門的なことを言える立場ではありませんが、京都を愛する者としてあえて言ってしまうなら、原さんの失敗作、という気がします。

いえ、空へと抜ける大階段とか、そのコンセプト自体はいいなあと思っています。しかしいかんせんデザインが洗練されていない。鉄骨とガラスの建造物というなら、東京国際フォーラムのほうがはるかに美しい。シンプルです。それに比べると京都駅は、安っぽいし、ゴチャゴチャ飾りたてて、デコラティヴすぎる。具体的にいうなら、ガラスの多面体のような装飾、室町小路広場の間口にあるブルー、イエロー、ピンクの装飾（あずまや）、コンコースの大階段の下にある乳房のようなあずまや、黄色い円盤のような屋根、アクセントカラーとして使われている赤、黄色。

「デコラティヴ過ぎて戦えない軍艦」「近未来の巨大な遊園地」

きっと埋立地のような造成地なら、映えるのでしょうが、ここは京都です、歴史や物語が何層にも積み重なっている、古都です。そこに、グンカンユウエンチじゃあ、不協和音が生じるのは無理からぬ話。「あんたさん、京都にケンカ、売ってますのか」といった感じですよね。枯山水に代表されるような美しさ、ミニマニズムの景観を期待して、訪れている観光客、そういう京都に誇りを感じている京都人にとって、駅ビルは、そのイメージを乱す「邪魔者」です。

いや、隠していたい京都の恥部を、この京都駅ビルはものの見事に建造物として表現してしまったから、京都の人は怒っているのかもしれません。さっきも言ったように、現実の京都のまちはゴチャゴチャしていて、本当は少しも美しくはないんです。昔ながらの、と感じるような町並みが残っているのは、石塀小路《いしべこうじ》とか祇園といった、その景観をウリにしている地区だけです。あとの通りはビルと町家でデコボコの景観です。まさに駅ビルはそれを表現している、と言えなくもない。京都の近未来を予言している。千二百余年の歴史の大階段が、平安京というコンコースから続いてきた。そしていま屋上の大空広場からは何が見えているのか。そんな問いかけをしているように見えて、しかたがない。私も上りました。大空広場から眺めました。感じたのは、「ヤバイな」という危機感。駅ビルは高さ約六〇メートルですからね、ゴチャゴチャしてるところまで、よーく見えるんです。京都はこのままではどんどんありふれた地方都市になっていく。京都人自身がそのことにもっと危機感を持たないと、京都というまちは、近い将来、駅ビルのような景観になってしまう。その進化（退化？）のレールの上をもう走っているのです。それも新幹線なみの速度で。と、下手な脅し文句みたいですけど、あと十年のうちに京都の景観は大幅に変わることは間違いないと思います。

ＪＲ東海の「そうだ、京都 行こう。」の古都ＣＭに誘われて、京都駅に降り立てば、迎えるのはＪＲ西日本が建てた近未来キョート。これが東京人と、京都人の意識の差だ、と言えなくもないですよね。東京やよその人間にとって京都の活性化なんてことは関係ないし、興味ありませんものね。関心あるのは古都の存続でしょう。

それともう一つ、この駅ビルを京都の人が批判するとき、必ず出てくるのが、このビルが京都の南北を遮断した、ということです。もともとその傾向があったのに、それを助長させる結果となった。高さ六〇メートル、長さ四七〇メートルの壁ができたわけですからね。空へとあんな橋（階段）を架けるくらいなら、南北にも橋、架けてほしかった、という意見も、よく聞きます。線路の上にガーデン通路を架けることくらい可能だったでしょうに。室町小路広場といって、数メートルの開口部はあるんです。しかし通り抜けられるのは、風ばかりなり。

室町小路広場を使って行われた「夏のきもの」というイベントに審査員として参加したときのことですが、風が強くて、両面テープで止めないと、審査表が風で飛ばされていく。つくづく思いましたよ。風だけでなく、人間も通れる、それこそ京都名物の路地のようなものでいいから、つくってほしかったなあ、と。

いっしょにいあわせた人も同じことを感じていたようで、

「こんなん、開けるのやったら、人間が通れるようなもん、通したらよかったのにな。国際コンペで、これに決まったわけやけど、安藤（忠雄）さんの案はそれができてたさかいに、僕なんかは、安藤さんが選ばれたらええなと思てたんやけど、高さがな、何や、倍あったらしい。あの案で、低かったら言うことなしやったんやけどな。国際コンペとは名ばかりで、これは出来レースやったというような噂もあったしな」

私もその噂は耳にしていたので、曖昧に頷いたものでした。

らね。

「ま、あと五十年の辛抱や」

「え？ そんなもんで、これだけのビル、建て替えるでしょうか」

「前（三代目）のビルはそんなもんやったと思うけど」

千二百余年の歴史を誇る京都にとっては、五十年なんて、ほんの明後日くらいの話なのかもしれませんね。先の戦が「応仁の乱」をさす、というジョークがある京都ですからね。

ちなみに三代目の駅ビルは、大正三年竣工の二代目が、昭和二十五年に焼失し（金閣寺が燃えたのと同じ年）、突貫工事で二十七年に竣工。つまり二代目は三十六年、三代目が四十余年。徐々に駅ビルの寿命も延びてきているから、次は五十年というわけでしょうか。いや、殺さないかぎり、四代目はかなり長生きしそうですよ。それに、次々と建てて壊していたんじゃ、二十世紀が後世に残りませんしねえ。

四代目の駅ビル、好意的に「巨大な屏風」と、比喩する人もいるそうです。ふーん、ならば私も好意的に「二十一世紀への絵巻物語」、とでも比喩しておきましょうか。

12　東山三十六峰

うちはマンションの三階なのですが、窓から見える景色はのどかなものです。通りを隔てて数百メートル先まで、それ以上の高さのビルがないのです。見晴らしがいい、というのは、人の心を解放しますね。ベランダから見えるのは、東山《ひがしやま》の峰々。

この東山、ひとつの山の名称ではなく、京都盆地の東にある山の総称であるのを知ったのも、京都に越してきてからでした。

「はあ、東山ですか、東山ね」

と、そこで終わり、東山とは何ぞや、とまで考えたことはなかったのです。

「東山三十六峰というたら、京都の常識や」

そうでございます。北にあるのが北山《きたやま》で、西にあるのは西山《にしやま》、なんと単純明快なんでしょう。西山は東山に対して、七十二峰といわれているそうで。

「つまり、東山は三十六峰あるということ？」

「そうちゃう？」

とは、横浜育ちの夫の弁。京都の人もそう思っているようですが、調べてみると、三十六というのは「たくさん」という意味を表す言葉なんですね。十七世紀の頃には、東山の名称は七十以上あったらしい。でも今は三十六峰。そう、四世紀近くのあいだに山が半減したんです、というのは冗談でして、せっかく東山三十六峰で定着しているのだから、だったら三十六にしましょう、ということで、昭和十一年に三十六の名称を定めたものらしい。余談ですが、この東山、ほとんどが民有林（不動産会社などが所有）。景気がよくなったら、開発問題が起きるのは必至。いつまで京都は東山三十六峰を保ちつづけるのか。

「いや、ここ一年のうちに東山は一つ、減ると思いますよ」

そういう声もききます。東山三十五峰、何やら語呂が悪いですよね。

東京にいる頃は、京都というまちだけは時の流れが止まっている、と勝手に思っていたものでしたが、それは大きな勘違い。私が住みはじめてからでも、京景色はどんどん変わりつつある。三階でありながら、東山の峰々が見えているのは、とても運がいいことのようです。

今、こうしてワープロを打ちながらも、東山のなかの、大文字山《だいもんじやま》が見えます。そう、あの五山送り火の「大文字」がある山です。――なんてことを書きますとね、また京都の人からは、

「何、いうてはりますんや。大文字がある山は如意ヶ岳《にょいがたけ》や」

と言われると思うんです。

確かにほとんどの京都人はそうおっしゃいます。本にも書いてあります。

「あのな、大文字山というのは俗称やね。大文字の送り火が有名やさかい、如意ヶ岳のことをそう呼ぶこともあるけど」

「如意ヶ岳に、大文字山は含まれますのや」

しかし、国土地理院が出している精巧な地図の上では、如意ヶ岳（別称如意山）四七二メートル、大文字山四六六メートルとは、別に存在します。大文字山は如意ヶ岳とひ

とつづきの山、という説も、専門家の話では、地理学的には大文字山と如意ヶ岳のあいだには谷が存在し、ひとつの山とは言いがたいようです。そもそも京都市内から如意ヶ岳は見えないんだそうです。なのに京都の人は見えてるように言いたがる。京都の人にとって、この如意ヶ岳というのは、東山のなかでも特別の山。平安時代に、如意寺が創建されたことからついたという、由緒正しき、ブランド山なんですね。ですから実際には見えないのに、見えていることになってきたらしい。

ま、昔は、地理学なんかありませんからね、大文字があるところまでみんな如意ヶ岳と言っていたのかもしれないですね。

さて、その五山の送り火、京都に来るまでは、私は「大文字焼」と呼んでました。でも、京都ではそれは禁句。京都の人はこう呼ぶのを嫌います。なるほど新聞や本などには「五山送り火」と記してある。なのになぜ東京では「大文字焼」というのでしょうね。

「大文字さんは、山焼きとは違うさかいに」

いわく、あれは焼いているのではなく、灯《とも》しているのだそうです。

地元の人たちは「送り火」、あるいは「大文字さん」と、呼びます。これは花火のようなイベントではなく、あくまで盂蘭盆会《うらぼんえ》の宗教的な行事。ところがときどき、この送り火にいたずら心を起こすものがいる。何年か前の送り火のとき、バカ者が、大の字に勝手に「ヽ」を加えて「犬」の字にしたときは、保存会の人たちは、激怒したといいます。あるいは懐中電灯で、大文字のライトアップを試みたグループもいるらしいのですが、

「このときも、保存会の人がえらい怒らはって、よう覚えてる」

保存会の人たちにとっては、仏像（ご本尊）のように尊いものなのでしょう。

その「大文字」が、部屋から見えるわけです。ですから京都の人でも、うちのベランダにくると、「ええなあ」と、羨ましがってくれます。東京人が東京タワーが見えるのを喜ぶ、あるいは年に何度か天気のいい日に、屋上から富士山が見えると、妙にありがたがるのと、同じでしょうか。見えるだけでご利益があるような気がします。

ですから東京から友人が遊びに来ると、

「ちょっと窓の向こう、見てみて。ほら、あの山、大の字が見えるでしょ」

必ず、その「お福分け」をする私です。そしてちょっと自慢をする。

「送り火のときは、うちのマンション、屋上が開放されるのね。となり近所の人も集まってくるくらい、ここの屋上、絶妙なロケーションなのよ。大文字のほかに、『妙・法』

（これは松ヶ崎の東山〈大黒天山《だいこくてんやま》〉、西山〈万燈籠山《まんとうろうやま》〉に灯されるのですが、なぜかセットで一山に数えられています）『船形』『鳥居形』『左大文字』と全部、見えるのよ。左大文字？　そう、私も京都にくるまでは知らなかったんだけど、大文字、西にもあるの、それで左大文字、裏大文字とも言うらしいけど、テレビなんかでよく出てくるのは、今、うちから見えてるほうの大文字。そう、東のほうが本家」

　ちょっと自慢が、延々と続く。

「一説によるとね、五山の送り火は、御所に向けて作られたものらしい。ここ、御所のすぐ南だから、S席なの（ま、平安時代の御所は今のものより西に一・数キロメートルほどの千本丸太《せんぼんまるた》町《まち》のあたりにあったのですが）。京都でも、もうなかなか全部、見える場所はないんだって。ほら、あそこにビルが見えてるでしょ、あれが、建て替えのとき、高さのことで仏教界ともめたホテルなんだけど、あそこでも全部は見えないんだって。なのに、八月十六日は、一年前に予約でいっぱいになっちゃう。チェックアウトするときに、来年もよろしくって、常連さんが予約入れてくんだって。新しくできた京都駅ビルの無料観覧券には、二百人のところに二万人の応募があったのよ、二万人よ。もし、見たいときは、私に言ってね。うちのマンションの屋上は倍率なし、無料、ガイドつき

（私です）だから」

祇園祭なんかだと、その起源もはっきりしていますが、この大文字は起源も平安時代、室町時代、江戸時代と諸説もろもろ。その文字についても、「弘法も筆のあやまり」の、あの弘法大師（子どもの頃、書道塾で習った記憶によれば、弘法大師、嵯峨天皇、橘逸勢《たちばなのはやなり》が三筆です）という説があります。弘法大師（空海＝七七四〜八三五）は、平安時代初期の人ですから、それが正しいとするなら、一千二百年の時空を超えて、年に一度、夏の京の都に、弘法大師さまの達筆が甦るわけです。まるでタイムカプセル。一年のうちでたった数十分、輝くために、一千二百年という歳月、そこに存在しているわけです。ナスカの地上絵に通じるような悠久のロマンを感じるのは私だけでしょうか。

もうひとつ、俗説を紹介しておくと「住吉山麓の浄土寺が火災にあったとき、本尊阿弥陀仏像が山上に飛来して、光明を放った。その光明が大の字であった」。

ともあれ、ここまで説明するとたいていは、

「来年、麻生さんちのマンションの屋上、予約していいですか」

となります。しかし肝心のホテルが予約できず、断念した編集者がいました。

13　大文字山に登った

いつもベランダから見ている大文字山に登ったのは八月一日のことでした。その日は夫の三十歳の誕生日でしたので、大文字山のふもと、銀閣寺畔にある「草喰《そうじき》なかひがし」（料理旅館、美山荘から先代の弟さんが独立したお店）で食事をしたのですが、

「ここまで来たなら、予行演習で登ってみようか」

ということになったのです。

今年の十六日の送り火は、大文字山から眺めたい、と思っていたからです。

去年のこと友だちの一人が、送り火の翌々日でしたか、

「これ、大文字さんの燃えカス。昨日、拾ってきたんやけど、次の日やったさかいに、大っきいのはみんな拾われてしもてて、こんな小さいのしか、拾えへんかったんやけど。これ、持ってると、一年間、病気にならへんていうさかい、お福分けしよ思て」

　と、炭化した護摩木《ごまぎ》の砕片を届けてくれたのです。

「銀閣寺のそばの家なんかやと、大っきいの半紙に巻いて、縄つけて、それ、表（玄関先）にぶら下げはんねん。そうやね、祇園さんのちまきとおんなじやね」

　地元の人は夏の風物詩としてただきれい、と眺めているだけではないのですね。

「火、つけるとき、一般の人も登れんの？　大文字山」

「銀閣寺さんからの道は、六時からは入れんようになるさかいに、ほんまはあかんのかもしれんけど、それまでに登ってしもた人に下りろとは言わはらへんさかい、けっこうぎょうさんいてはるえ。六時過ぎても、けもの道みたいなとこからやったら入れるし。早ようから登って、陣取りして、酒盛りしてはる人もいてるし。妙法とか、ほかの送り火がよう見えるさかいに、きれいえ。登ってみる？」

「うん！　いっしょに連れてって」

「ふん。ええよ」

どうせなら、Kさんも誘ってあげよう。Kさんというのは東京の編集者の女のコなんですが、これが京都フリーク。早々と「三ヵ月前でしたが、ホテルも何とか予約できました。夫ともども伺ってもよろしいですか」とのFAXが。もちろんです。

ツアコンは友だち、代理店は私。

ところがうちの夫が言うのです。

「あなたのその体力で登れるやろか？　わざわざKさんとこ、夫婦で東京から来るんやろ。一度、銀閣寺ルートからでも、登っといたほうがええんとちゃう？　当日、ワタシ、登れなーい、言うたって、僕、おぶったりせえへんからね」

御所を一周しただけで（ジョギングではなく、徒歩です、トホホ）、翌日、筋肉痛を起こす私です。いくら大文字の火床《ひどこ》の高さは東京タワーほどとはいえ、自分の足で登らなければならないわけですからね。はい、予行演習は必要でございます。登りましょう。

銀閣寺の北側にある八神社《はちじんじゃ》の脇から入っていきます。入口には、

「大文字の送り火は将軍義政が陣中に亡くなった兵の冥福を祈るために、白布を大の字に敷いたのが起源で、その筆画は相国寺《しょうこくじ》（そうこくじと発音する京都人もいる）の横川《おうせん》和尚によるものである」

というような説明書きがされておりました。義政の銀閣寺ルートですからね。銀閣寺からのルートは登山というよりハイキング・コースのような山道です。しかし京都っていうのはいくら盆地とはいえ、極端なまちですね。市街地から一歩、その道に足を踏み入れると、そこは郊外ではなく、山なんです。二重人格都市、いや、多重人格都市でしょうか。鬱蒼《うっそう》と繁っている樹木のおかげで、直射日光は当たりません。まちの騒音も聞こえません。シダや笹や、苔、きのこ、野草の類が、植物図鑑のように並んでいます。ところどころ湧き水が出ていて、コップも置いてあります。ここはどこ？　本当に京都市左京区なの？　という感じ。タイムトリップの世界です。

はじめの十分は手にしたカメラでめずらしい植物を撮ったり、気分はもう探検隊でしたが、だんだん道が険しくなってきます（といっても階段状の坂道ですから、たいしたもんじゃないのですが）。心はどんなに爽快でも脚が、体力がついていきません。若い夫は「お、ヒグラシが啼《な》いてる」などとハイキングを楽しみながら、前をズンズン歩いていく。妻はハアハアと肩で息をしながら、見つめるはわが足下ばかりなり。渾身の力をこめて、果ては両手もつきながら、這い登っていくというありさまです。

「待って、もうちょっとゆっくり行こ」

「なにい？　ゆっくり歩いてるやんか。せめて三十分で上まで上がろうな。京大のアメフトの連中なんか、三十分で往復するんやから」

「無敵の京大のアメフトと妻をいっしょにする気？」

「どこがいっしょやねん、あいつらは往復で三十分、僕らは片道三十分！」

中腹で、荷物用のロープウェイのようなものを発見。きっと護摩木などは下からこれで運び上げるのでしょうね。このくらいは文明の利器を使わないと、大文字保存会のみなさんも、たいへんですよね。この送り火も、ふもとの商店や民家の人たちが守っているのです。大文字の送り火の一帯は、市でも国でも寺社のものでもなく、保存会のみなさんが所有する民有林（と、立て看板に書いてありました）。それを私たちはただで登らせていただいているわけです。ありがたいことです。

目標の三十分は何とかクリア。この銀閣寺ルートは大の字の一画目に出るんですね。三画が交わる中心の大火床（台石が置かれてある）の後ろには、弘法大師堂があります。お堂といっても休憩所みたいなもんですが、弘法大師が祀られています。

何人もの人たちが風に吹かれながら、下界を見下ろしていました。赤ちゃんを首からぶら下げた外国人夫婦、若いラブラブ・カップル、ステテコに麦わら帽の近所のおじさんから、登山靴を履いたようなハイカーたちまでさまざま。毎朝、登る人もいるそうです。ジョギングならぬハイキング（！）。スポーツクラブで器械相手に走ったりするのと違って、これは京都の自然と歴史が相手ですからね。汗も文化の匂いがするのではないでしょうか。

大文字山は四六六メートル、火床は三三〇メートル。京都の地形が航空写真のようによく見えます。盆地というと何やら丸いお盆を勝手にイメージしますが、京都という盆地は一辺（南側）が欠けた長方形のお盆なんですね。啼くよウグイス、平安京、と小学生の頃、覚えたゴロ遊びの年号が、思わず口をついて出たのでした。東京タワーから見下ろす東京は海以外は地平線までビルが続いていますが、京都は箱庭のように小さな長方形、すぐに山がはじまります。松ヶ崎の東山（大黒天山《だいこくてんやま》）、西山（万燈籠山《まんとうろうやま》）などは山というより緑の大きな建造物といった感じ。それにしてもきれいな長方形のお盆です。最近、言われているように、ここ京都に長崎、広島に続いて三番目の原爆が投下されていたなら、爆風の逃げ場がないですからね、それこそより恐ろしい惨劇になっていただろう、と思わざるをえませんでした。

上空からの京都のランドマークというのは、やはり御所でしょうか、その広大な森はすぐに目につきます。次に下鴨神社、上賀茂神社、相国寺の森あたりでしょうか。京都タワー、京都ホテル、京都駅の京都景観破壊ベスト3の建物もやはり目立ちます。

そして五山の残りの「妙法」「鳥居形」「船形」「左大文字」。

五山の送り火は「御所に向けられている」と、本で読み、それを鵜呑みにしていた私でしたが、こうして大文字山から見渡すと、どこか一点に向けて創られているのではなく、むしろそれぞれが呼応している印象を持ちました。少なくとも大文字は御所より北の、相国寺あたりを向いているような気がします。別にどうでもいいではないか、と思っているでしょう? でもね、大文字山から五つの絵文字を眺めていたら、何やら気になってしまったのです。昔は十山あったと言われていますが、昔の人は今よりもっと方位を重んじていたはずでしょう。何か、意味を持たせてあると思うんですよね。それぞれの絵文字にも意味があるはずでしょう。どうしてこれだけの仏教行事なのに、その起源が曖昧なのでしょう。庶民の手ではじめられたとしても、それこそ御所からも見えていたわけですし、誰かが書き残していてもよさそうなものを。平安どころか、室町時代の記録も残っていない。いちばん古いもので江戸時代中期のものだとか。

「平安時代からあるんだったら、和泉式部あたりが和歌に詠んでもいいはずだよねえ」

「ないの？　調べた？」

「調べてはないけど、きいたことないもん」

「これは、もう調べた？　明治維新のときには、迷信やいうて、しばらく禁止されてたらしい」

山に登ったせいか、大文字をちょっと俯瞰して見るようになってしまいました。

下山は、大の字の三画目を下って、鹿ヶ谷《ししがたに》ルートで。途中、ロープを伝って岩を下りるようなちょっと恐いところもありますが、急なだけあって、銀閣寺ルートよりはるかに近い。勢いづいて、鹿ヶ谷から御所南のうちまで四キロほどの道のりを歩いて帰ってしまいました。京都は狭い。だから深い。ベランダから大文字を見たときは、

「ああ、あそこに登ってたんやなあ。あそこから歩いて帰ってきたんやなあ」

思わず、胸を張って、呟いておりました。

心が満ち足りると、疲れというのは感じないものなのでしょうか。

「明日も登ろかな」

と、調子にのり、

「明日は筋肉痛でそれどころやないと思うけどな」

夫から窘《たしな》められたのでした。

14　大文字五山送り火

「何度、言わせるのや。ここはめっちゃ熱うなるんや。一般の人はもっと上に上がって」

七十五ある火床の中心（三画が交わるところ）大火床《おおひどこ》の担当さんが叫んでいます。

「火床《ひどこ》から六メートルは離れて。風は今、こっちから吹いてるさかいに、その辺は火の粉が飛ぶからな。はい、下がって。事故が起こってからでは遅いんやさかい」

「喋るな、ライト、まちのほうに向けるな」

「火の粉が降ってきたら、避難して」

これは私たちがいる「大」のいちばん上（二画目の頭）の火床の担当さん。

銀閣寺参道の家の前に、七十五ある大文字の火床の担当者の名前が、張り出されます。みなさん、ふもとの大文字保存会の面々。個々が責任をもって、それぞれの火床を点火させるのですね。余談ですが、この名簿、「大前」さんという名字が多いんです。明治になって名字をつけることになったとき、「大文字の前」だからということで、「大前」とつけたのかなあ、と思ったりしたのですが、どうでしょう。

大火床の上の弘法大師の石碑の前での読経が終わると、いよいよ緊張が高まります。大の字が染め抜かれた紺の法被《はっぴ》を着た、大文字保存会の人たちが、苛立つのも無理はない。もともと大文字は山の急斜面に描かれていますから、大勢の人が見るスペースというものはありません。文字のそばに設《しつら》えられた幅六十センチ程度の階段と、一画目の背後のやや広い道くらいしか、人が座れるような場所はないのです。なのに、関係者（保存会の人やその家族の人たち）だけでなく、一般人が数百人、何とかそこから見ようと、少しでも空いてる場所に陣取っている。何で、そこが空いてるかというと、炎のそばで熱いから。しかしそばで見たことがない一般人（私たちも）には、それがわからない。

「ここにいたら、焼けるで」

と、保存会の人たちは、呑気な見物人たちに、声を荒らげているのです。

山火事にならないように細心の注意が払われています。鹿ヶ谷口のそばには消防車が待機してましたし、各火床には消防団の人たちがついています。階段のわきには消火のホースが張られて、万が一のときの消火に備えます。ちなみに「その水はどこから？」と消防団の人に訊ねましたところ、大火床の近くの貯水タンクに雨水が溜められており、そこから引かれておりました。大文字、一画目が八〇メートル、二画目が一六〇メートル、三画目が一二〇メートルですから、そのホースの長さたるや推して知るべし。お金もかかってます。

草むらでも、ちょっとすわりよさそうな場所には荷物が置いてある。保存会の人たちが座るスペシャル席です。それを無視して、座ろうとしたおじさん、案の定、

「そこは保存会のもんがすわるとこやさかい、一般の人は上に上がって」

と、注意されました。が、おじさん、お連れの手前、腰を上げながらも、ぼそぼそと、

「そんなん、僕らかて、大文字の保存派、保存会やさかいに……」

と、私設保存会を主張していましたが、それは通りません。だって、この場所は市で

も府でも国のものでもなく、保存会の人たちの私有地なんですから。

護摩木、松割木《まつのわりき》(いわゆる薪です)で井桁《いげた》に組み上げられた、七十五の火床。ふもとから途中まではケーブルで持ち上げられ、そこからは人の手で運ぶとききました。前日から山には二ヶ所、テントが張られていましたから、前日から運び上げていたのではないでしょうか。それこそすごい量ですからね、途中からとはいえご苦労なことです。私たちは自分で護摩木、持って上がって、すでに組み上がった井桁に、

「ここ、いいですか」

と、お伺いをたて、置かさせてもらいましたが。

この護摩木、二、三日前に四条河原町の高島屋でも受け付けていたらしい。しかし確実なのは、やはり銀閣寺の参道でしょう、テントが張られ、前日の十五日から、受け付けています。護摩木(三百円)、松割木(四百円)。筆やサインペンも用意されています。私たちは当日の二時過ぎに行きましたが、すでに松割木は売り切れ(不適切な表現ですが)でした。あるいは上(火床がある場所)でも受け付けています。予行演習に前日、登った友だちは上で記入して、そのまま置いてきたとのことでした。

ちなみに私が護摩木の表(裏には日付、名前、年齢)にしたためたメッセージは、

「亡父が極楽浄土へ無事、戻っていけますように」

ヘンでしょうか。でもねえ、仏さまが迷わずあの世に戻っていけるように、夜空を照らしてあげる送り火なのでしょう？　ここはひとつ親孝行、仏孝行。生きているうちに親孝行できなかったので、せめてお盆に戻ってきているときくらい、親孝行の真似事、してみようかと思いまして。が、両親ともに健在な夫は、しっかり自分のことを書いてました。

「大願成就」「家内安全」

友だちを団長（？）とする私たち一行（五人）は、六時頃、鹿ヶ谷ルートから登りましたので、大文字の三画目の撥ねに到着したのは、六時半くらいでした。が、そこには無情にも進入禁止のロープが。しかし額どころか、拭う手の甲からもたらたらと汗を滴らせている私たちです、さすがに下山しろ、とは言われませんでした。よってロープを潜って、上へと目指します。ここからの階段が長いんです、いわく「聖火台への階段」。それもすでに保存会の人たちがすわりながら、お弁当を広げている。おいしそう。「前、失礼します」と、低姿勢で登っていく私たち。「ごくろうさん」と、声を返してくれる人もいて、恐縮至極でございました。もちろん上で食べようと、紫野《むらさきの》「和久傳《わくでん》」のお弁当を用意してあります。重たいのに、飲み物を入れたアイスボックスまで持って上がっています。

が、すわるところが……。結局、私たちが荷物を下ろしたのは、大文字のてっぺんの左横あたり。といってもただの草むらの斜面なので、うちの夫が「持ってきてよかった」とばかりに、ミニ鋸で、草を切り倒して、それをみんなで踏みならして、シートを敷くまでにまたひと汗、いい汗でございました。でも、草に囲まれて食べるお弁当はまずいので、結局、立ち弁。夕陽に赤く燃える西山と、暮れなずむ京のまちを見下ろしながら食べる「和久傳」のお弁当、たいへんおいしゅうございました。いい風が吹くんです。

早弁の私たち夫婦は下の大火床の前までちょっと偵察に。そこで見聞きしたのが、冒頭の「ここはめちゃ熱うなるのや。上に上がって」という、怒声です。渋々といった面持ちで、みな移動してましたが、上も満員御礼、たぶん場所の確保は難しかったのではないでしょうか。だったら最初から言うこときいてたらよかったのにねえ。

さて、送り火が浮き立つように、京都のまちは、七時半を過ぎると、ネオンやビルの屋上の照明を消すと言われています。ガイドブックのなかには街灯まで消える、と書いてあるものもある。素直な私としては、それは信じており、かつまた楽しみにしておりました。その時分にはもう充分、宝石箱をひっくり返したような夜景になっていましたから、この文明のきらめきが、送り火のためにひとつずつ消えていく、夜の海に沈んでいくのだな、と勝手にイメージを膨らませていたわけです。ところがさにあらず。上（山）から見ても目立つような照明で消えたのは、京大農学部のグラウンドと京都タワーの照明くらいでした。御所のすぐ東のグラウンドか何かの照明（府立鴨沂《おうき》高校？）は煌々とついたままでしたし、街灯もそのまんま（ま、消したら危ないですよね）。翌日の京都新聞の朝刊には、「市街地のビルの屋上の明かりやネオンが次々と消された」とありましたが、次々と消されたというより、だったらむしろ「まったく消えなかった」という表現のほうが、現実には近いと私は思いました。つまりわざわざ記事にするほどの自粛ぶりではない。

それよりも八時間近になると、文字がフライングするんですよ。どういうことかというと、準備万端、私たちのような上にいる見物人たちが写真を撮りはじめるわけです。フラッシュ焚いて。これが下（まち）から見ると、不完全ながらも大文字が浮かび上がって見えるのです。あるいはみんな懐中電灯を持ってたりしますから、それを点ける。「フラッシュ焚くな、ライト、まちに向けるな」

もう、妙、法もピカピカとフライング。おかげで五山の場所が夜でも事前にわかる。室町時代の人たちには考えもつかなかったことですよね。携帯電話もね。あちらこちらでみんな電話してるんです、妙な光景でしょう？　と思いつつも、私、

「あ、おかあさん、いよいよ。おかあさんの名前で護摩木、書いといた。大の中心の右どなりの火床に置いたから、テレビのニュースで見たら、そう思ってね」

などと、電話を入れてしまいました。


八時です。「おー」「おー」、大火床からのかけ声、合図とともに、七十五の火床に火が。じわじわ、というよりも、ぼっと瞬間につくのです。歓声も上がっていましたが、私はむしろ厳粛な気持ちになりました。近くにいたおじさんは真っ赤に顔を火照《ほて》らせながら、涙を流していました。たった一人で来ていましたから、もしかしたら最近、伴侶を亡くされたのかもしれません。特別、仏教を信じていなくとも、近親者を亡くしていると、お盆は心の底にあるせつなさ、無念さを拾い集めてしまうような気がします。

それにしても予想外の炎、火の強さです。風向きが変わったとたんに、煙であたりは見えなくなる。何千、何万という火の粉が頭上を掠《かす》めていく。あわてて草むらに身を伏せましたが、私など危うくパニックを起こすところでした。

「うわー、みんな撮ってる、撮ってる。フラッシュの嵐や」

夫の声に、私も立ち上がると、下界のまち、これが銀色の嵐。何千、何万という見物人たちが、この大文字をカメラで撮っているのです。最近のカメラはオートですから、夜はフラッシュ・モードになってしまう。それで下界が銀色にきらめいているのです。きらめいているところだけ浮かび上がって見えるほど。つかのまＵＦＯです。

「大文字もきれいなんやろけど、なかなか下界も捨てたもんやないなあ」

「月あかり浴びて、きらめきながら跳ねてる魚みたいだね。京都盆地が大きな湖で」

「そんな、ええもんか。せやけど、これだけのフラッシュを集中して浴びると、何か自分が注目されてるみたいで、ええ気分やな」

夫はその銀色の嵐をカメラに納めていましたが、はたしてうまく撮れたかどうか。

私はふたたび草むらに腰を下ろして、頭上を眺めてました。炎とともに下から吹き上げてくる風も強くなっていきます。もう帽子は手で押さえてないと、飛ばされそうな勢い。その風にのって、何千、何万の火の粉が大文字山を越えていきます。火の粉の大群が、自らの意思でお山を越えているように見えるのです。それはさながら、精霊《せいれい》が極楽浄土に帰って行っている姿を彷彿《ほうふつ》させます。京都の人は、

「あの火に乗って、お精霊《しょらい》さん、帰らはるんえ」

と、送り火を見ながら、子どもに教えるという。そうかもしれない——。私はそっと手を合わせていました。このなかに父も、祖父も祖母もいるに違いない。おとうさーん、行ってらっしゃーい。それは迷信ではなくメルヘン。私は何やら満足していました。

大文字の火が弱まった頃、遅れること十分、今度は松ヶ崎の東山（大黒天山《だいこくてんやま》）、西山（万燈籠山《まんとうろうやま》）の「妙」「法」の字が夜空に浮かび上がります。この二つは大文字から近いですし、「法」の字はやや東側を向いています。そして上を向いている（この山は低く、またなだらかなので、空に向いているのです）。まさに大文字に向かって灯っているような姿なのです。昔は十山あったという送り火、無作為に山を、文字を選んだとは考えられません。それぞれの火は、呼応しているに違いなく、由来があるに違いなく、十五分に点く船形、左大文字、二十分に点く鳥居形、いろんな思いを巡らせながら、鑑賞させていただきました。

火のそばなのですから、かなり熱かったはずなのですが、その記憶はあまり残っていません。煙にむせて咳き込んだのと、火の粉が落ちてくるのが怖かったのは覚えていますが、あとはひゅるひゅるとお山を昇っていく火の粉の大群、それぱかりが心に刻まれています。自分の頭上を火の粉が飛んで行くなんていう体験は、平和な時代に生まれ育った私たちにはないことですから。この大文字、体力に自信がないからと、私の母は参加しなかったのですが、ああ、そのほうがよかったかな、と思ったのでした。防空壕に入っていたような世代に、この火の粉は必ずしも美しくは映らないでしょうから。

火床の炎が消えてしまうと、さっそく護摩木、松割木の燃えたあとの炭拾いです。これは無病息災のご利益があるといわれています。保存会の人たちは、火バサミや大きな缶を用意してきていて、まだチロチロと赤いうちに取り出して、ジュッとペットボトルの水をかけて、缶に入れる。私たちは、といいますと、友だちは軍手を持ってきていましたが、それでも赤いままの炭は拾えません。消防団の人たちが消火作業を終えるまで、大の字のてっぺんでじっと待っていました。ま、すぐに下りても、お山は大渋滞ですからね。懐中電灯は持ってきていますから、焦ることはありません。空のお弁当箱いっぱいに、炭の破片を拾って（大きいのは残ってませんでした。でも残り物には福がある、といいますから)、いちばん最後から下山したのでした。

「これがすむと京都は夏が終わるというけど」

「まだまだやね」

日が暮れてからの風が涼しくなったのは、それから一週間先のことでした。

15　秋の道草、御所の細道

よく京都というまちは人間サイズにできている、という言い方をします。平安京というのは、南北に五キロメートル強、東西に約四・五キロメートルというコンパクトなまちで、そのなかを碁盤の目のように大路《おおじ》、小路《こうじ》が通っていた。坂はほとんどありません。それを秀吉が大々的に整備したのは知られていますが、京都の人が「京都」と呼ぶまちは、秀吉の頃から変わらない。市制が敷かれてから、徐々に京都市に組み込まれてきたところは、

「中京《なかぎょう》以外は京都やおへん。山科は京都やない」

などと、冗談で（本気かしらん）言いますからね。

そして京都の人は京都のまちをよく歩きます。

東京は二十三区内なら東京でしょ。いかにも大きすぎる。だから大雪で電車がストップすると、通勤客はパニックになる。勤務先から自宅までの道を知らない人も多いらしいですものね。そのくらい自力では動かない。歩かない。電車、TAXI、バス、自家用車……。交通網が発達しているというのもあるでしょうが、時間がない、心の余裕がない、というのがいちばんではないでしょうか。私など電車にも乗らず、ひたすらクルマ移動でした。急いでいるなら、電車のほうが確実なんですけど、まわりの人がうっとうしいんです。TAXIも同じ、運転手さんがいるでしょう（あたりまえですが）。

これって、鬱病の一症状なんですってね。

そういう意味においては、京都に来てから心が安定したように思います。

一応、京都にもクルマは持ってきたんですが、もうほとんど自分では運転しません。ひたすら歩く。日常生活に「歩き」が欠かせないんです。

本来の人間力がつきました。右に曲がって、ではなく、東に折れて、というふうに東西南北で「まち」を捕らえるようになりました。何本かの道を除けば、京都は道も人間サイズです。もちろん路地《ろうじ》以外はクルマも通れますが、ほとんどの道が一方通行。おまけに多くの家は商売をしていますから、そのためにクルマが駐停車したりもします。そこを人が、自転車がすり抜けていく。東京だと下北沢の駅周辺の道に似ているかもしれないですね。クルマより人間や自転車のほうが早かったり、エラかったりするわけです。私のように北は今出川《いまでがわ》通、南は四条《しじょう》通、東は河原町《かわらまち》通、西は千本《せんぼん》通で、生活が事足りてる人間には「歩き」がいちばん便利な交通手段なんです。

うちから三条《さんじょう》通までは徒歩は当然よ、とまで言うようになり、

「いやあ、麻生さんも京都の人にならはったわ」

と、ひやかされるほどになりました。うれしい。調子にのって、

「四条までだって、天気と元気がいいときは歩くもんね」

と、言ってみたら、

「もうちょっとやな。うちなんか天気がよかったら、家（鹿ヶ谷《ししがたに》）から店（二条《にじょう》通高倉《たかくら》）まで歩くえ」

ううう、私が悪うございました、と頭《こうべ》を垂れる私でした。だって彼女の家から店は、四キロメートルは優にあります。ふだんは彼女は自転車通勤。雨の日はバス通勤。その

成果でしょうね、私よりいくつか年上なのに、その体力たるや、二十代なみ。大文字山に二日連続で登っても、筋肉痛さえ起こらないんですから。

ちなみにうちを中心に半径二キロメートルほどの円を描くと、百貨店なら大丸、髙島屋も入るし、京の台所として有名な錦小路《にしきこうじ》も、学生クンたちのデートスポット、鴨川も入ります。あるいは御所はいわずもがな、二条城、府庁、市庁、裁判所、京大病院、府立大病院、大学だと同志社、ホテルなら京都ホテル、ブライトン、全日空などなどもすっぽりと入りますよ。

便利そうでしょう。ところがねえ、一キロメートル以内に、大型スーパーマーケットはないんです。ですから数百メートル東の寺町《てらまち》通で買うことになる。野菜は八百屋さん、お豆腐はお豆腐屋さん、卵は鶏卵屋さん、魚は魚屋さん、お肉はお肉屋さん、あたりまえのことなんでしょうけどね。こういうお店って、スーパーと違って、口をきかないといけないでしょう、それが最初のうちはわずらわしくてね。

「風が冷《つべ》とうなってきましたなあ」

と、言われても、うまく言葉が返せないんですよ。そういう当たり障りのない会話、東京でもしてきたことがないでしょう。主婦じゃなかったですからね。

「ほんまにね。朝、寒うて目が覚めてしまいましたもん。うわ、野菜、高いですねえ」

というような会話ができるようになったのは、つい最近のことです。

骨董屋さんとかでは、そういう気後れはあんまりしないんですけどね。

夷川《えびすがわ》通に昔ながらの町家のたたずまいをした漆器屋さんがあるんです。漆器は、アンティーク漆器の「うるわし屋」さんとこで買っているのもあって、通りから覗くだけ、店内に入ったことはなかったんです。ところがどうしても気になるものがある。商品ではなく、店に飾ってある「迎え花」です。何焼きなんでしょうね、長方形の浅い鉢（盆栽用ですか）に、火山岩のようなものが置かれていて、そこに和草が寄せ植えされているのです。

店内につかつかと入っていき、ずうずうしくもこう訊ねました。

「失礼ですけど、これ、どこでお求めになったんですか？」

ちょっと不躾なことを訊ねるときは、無意識のうちに標準語になってしまう。そのほうが親切に教えてくれるという計算が、きっとね、潜在意識下で働いているんですよ。

「あ、これですか？　花フジさんて知ってはりますか？」

私が頭を振ると、紙に書いて説明してくれます。

「寺町通ずっと上がって行かはって、今出川通の角、ここにあるんですけど。お客さん、どちらにお住まいですか？　ああ、そしたら近いわね」

「え、今出川通ですか、御所の北側ですよね。歩くと、でもちょっとあるでしょう？」

二キロメートル近くはあると思うんです。ところが女主人は怪訝な顔。

「御所、抜けて行かはったら、すぐですよ」

すぐ……、ですか？

「そしたら、自転車で行かはったら？」

「……持ってないんです」

またもや日本人形のように端正なお顔で、驚きの表情。京都はかなりの老舗の奥さまでも、自転車に乗ってます。ちょっとした買物、用事には欠かせない足なんですね。だけど、私のような年齢で自転車に乗ると、どうしてもおばさんっぽくなるでしょう。それがねえ、まだ東京人だった頃の、美意識（そんな大したもんじゃない）が、邪魔をするのですね。だったら歩くほうがいいと。しかし限度がある——。

「いえいえ、はい、歩いて行ってみます。ありがとうございました」

その花屋さんはね、一見、ふつうの花屋さんでした。

「夷川通のO漆器店でここ、教えてもらって来たんですけど」

「ああ、Oさんね」

　やはり石は火山岩の破片とかで、注文することになるらしいのです。それも、この和草と、この和花を植えてください、というふうにはオーダーがきかない、まかせてほしいとのこと、お値段もウン万円ときき、あきらめてしまいました。そうか、京都にある、さりげなく美しいものは、みんなけっこういい値段するんだな、とお勉強になったのでした。わびとかさびを感じるものは、きらびやかなものより押し並べて高いみたいですね。京都人は素人にはわからんところにお金をかけたがる、といいますしね。

けど、それ以来、その花屋さんはときどき覗くようになりました。この花屋さん、私の好きな和花、和草の苗が置いてあるんです。茶花用なんだそうですが。

　天気と元気のコンディションがいいときの散歩ルート（私が勝手に作ったのですが）に、その花屋さんも組み込まれています。

　まずですね、堺町御門から御苑に入ります。玉砂利を北上して、京都御所の南側を東に折れて、清和院御門《せいわいんごもん》から寺町通に出て、さらに今出川通まで北上。その西角に花屋さんがあるんですよ。が、花屋さんは帰りです。そこを東側に折れる。

すると、ほどなく「丁子屋《ちょうじや》老舗《ろうほ》」というお豆腐屋さんが見つかります。安政二年の創業といいますから、今の京都御所が再建されたのとほとんど同じ頃ですね。染井と同じ水脈でしょうか。このお豆腐屋さんも井戸水です。ここで豆乳を飲む。お豆腐屋さんは数あれど、ここのように店で飲ませてくれるのはめずらしい。紙パックで売ってるような豆乳とはまったく違います。本物の豆乳はもっとコクがあって、美味しいものです。私は無類の豆乳好きで、近所のお豆腐屋さんから分けてもらったりするほどなんですよ。牛乳より豆乳、チーズより汲み上げ湯葉という人ですからね。駅のスタンドで、ＯＬが栄養ドリンクを飲む感じで、クイッと飲むわけです。一杯六十円。

そこで元気が出たときは、今出川通を渡って、そのすぐ北側にある出町《でまち》の商店街まで足を延ばします。有名なおまん屋さん「出町ふたば」があるんです。ここの豆大福の誘惑にいかに負けないようにするかが、私の課題。いや、一個くらいは運動（散歩）もしていることだし、いいとは思うんですけど、さすがに「一個ください」とは、言いにくい。が、二個、三個と買ってしまえば、夜までに全部、お腹に入ってしまう。

ここは我慢のしどきでしょう。

踵を返して、先ほどの花屋さんの店先を覗く。気に入った苗があるときは、すかさず買ってしまいます。ビニールの小さな鉢入りの苗、一株で数百円から千円くらいでしょうか。それをぶら下げて、帰りは寺町通ではなく、御所のすぐ東の道から下がって行きます。途中から車両通行止めになるんですけど、その先が静かでいいんです。御苑の大樹の枝が張り出してますから、陽光もゆるやかに落ちてきます。小春日和の頃など、枯葉を踏みしめながら、人生を考える、と暗くなることが多い昨今ですが――。

ここね、野良猫がいるんですよ。猫を見てると、大概の心配ごとは忘れます。ま、そのときがきたら、そのとき。何とかなる。いや、ならなくてもそれも人生哉。

考え事をしますと、喉が渇きますから、脇道からちらと梨木神社に入って、名水で喉を潤す。ふたばの豆大福を買ってないときは、ここのお茶室でお抹茶をいただきます。五百円です。いつだったか、先客に、脇においてた苗を目敏く、見つけられまして、「見せていただいていいですか」

ススキの穂が覗いていたからでしょうね。

「これ、キンエノコロ草でしょう？　こういうのも、京都では売ってるのね。昔は、畦《あぜ》道《みち》にはどこでも生えてたけど。雑草みたいなもんでしたよ。でもね、なつかしい。あ、これこれ、うちの裏庭にも、ありましたね。えー、何ていう花だったかしら？」

「あ、これですか？　紫式部です、これが藤袴」

「まあ、お若いのに、詳しいのね」

いえ、今、お店で聞いてきたばかりですから。

「これ、どういうふうになさるの？　お庭に植えるの？」

「お店は茶花として売ってるみたいですけど、私はお茶をしているわけでもないし、マンション住まいで庭もないので、信楽焼の浅い鉢に、寄せ植えしてます」

「寄せ植え、ああ、最近、流行りね、じゃ、ベランダに飾るの？」

「いえ、迎え花として、玄関や、和室の置床の上なんかに飾ったり」

「やっぱり若い人は発想がユニークだわね」

いえいえ、私、若づくりなだけで、若くはないんです。

「そのお店、教えていただけるかしら？」

六十代のご夫婦でしたけど、言葉からすると、関東の方かなと推察されました。そのあと、どうなさったのでしょう。苗木を買って、新幹線で持ちかえられたのでしょうか。

東京でも、銀座には和花ばかりをあつかう花屋があるらしいですけどね。

お茶で一服したあとは、清和院御門から御苑にまた入ることが多いです。御苑に入るとね、玉砂利に、自転車の轍《わだち》の跡がすーっとついているのが目に入ります。御苑は車は関係車両以外は入れないんですけど、自転車はいいんです。ただし、玉砂利の上は走りにくいでしょう。だからみんな先人たちの轍の跡をなぞるようになるんですね。夫の話では、学生クンたちのあいだで、これ、ひそかに「御所の細道」と呼ばれているらしい。

この御門から入ると、ちょうどその北側に饗宴場跡広場《きょうえんじょうあとひろば》があるんですが、その一角が今は塀で覆われています。ゲートボール場やグラウンドがあったところです。ここ、あまり知られていませんが、国の第二迎賓館（仮称・京都迎賓館）の建設用地なんです。今（九九年）は埋蔵文化財研究所によって、発掘調査中ですけどね。国民公園を二ヘクタールも削って、本当に京都に迎賓館が必要なのか、との論争が沸き立つこともなく、着々と進められているようです。京都市が計画していたフランス風の鴨川の橋は、市民だけでなく、東京の文化人などもいっせいに反対して、中止になりましたが、ここは着々——。設計にあたる建築家もすでに決まっているという話です。

ここ、通るたびに、小さな声で「反対！　反対！」と、叫んでいるのですが、ま、どうでしょうねえ。迎賓館が完成すれば、ＶＩＰがもっと京都に来るようになる、するとその映像が世界中に流れ——（中略）、ひいては古都京都の活性化につながる、というのなら、ゲートボール場がなくなっても、京都市民は文句は言わないかもしれないですね。

でも、しょっちゅうＶＩＰが来るようになると、こういう呑気な散歩はできなくなるでしょう。迎賓館の脇をススキの苗なんかを抱えて歩いていたら、検問にあったりしてね。野良猫なんかも保健所に連れて行かれるのかしらん。御苑の南西側にもね、白と黒のブチの野良猫がいるんです。これが人なつっこくて、なかなかの人気者なんですけどね。

というわけで、この散歩コース、所要時間は二時間あまり。もちろんただ歩くだけなら小一時間ほどですむんですけどね、買物や人や、猫やらと、あれこれ寄り道をしてしまうので、こうなってしまうのですね。そういえば京都に来てから、私、知らない人とよく話をするようになりました。ええ、野良猫にまで話しかけてます。いいことです。

16　御所と御苑

うちの近所を歩いていると、観光シーズンともなれば、一日に一回は道をきかれます。ふふ、私も京女に見えるようになったのかしらん、と夫に自慢したら、素手で財布、持って、ノーメイクで歩いていれば、観光客には見えないだろ、と言われました。そうですか。

ところで京都が観光都市であることは周知の事実ですが、年間、いったいどのくらいの観光客がここを訪れるか、ご存じですか。これがええー！　というような数字なんですよ。およそ四千万人。一日に約十一万人ということですか。通りで石を投げれば、観光客に当たる。ですからね、京都で道をきくときは、通りを歩いている人にはきかないほうがいいかもしれませんよ。交番とかね、お店に入るなりして訊いたほうがいい。

今年の春頃でしたか、御所の南側の通り、丸太町《まるたまち》通を歩いていると、ウォーキングシューズに帽子のおばさま二人組に声をかけられました。道をきかれるのは間違いありません、どこかのお寺かな、知ってるところだといいな、と振り向くと、

「あの、すみません、御所はどこでしょうか」

と言うのです。ま、こういうこともありますよね。目的地の真ん前まで辿りついていながら、それに気づかずに、またきいてしまうこと。

「ここです」

私は堺町御門の脇の「京都御苑」という立て札を指しながら、答えました。そうなんです、御門の真ん前の歩道で、道に迷っていらしたのです。ところがおばさまたち、たがいに顔を見合わせたあと、怪訝そうな顔で私をじっと見つめます。「本当ですか？違うでしょ？」というような、疑いの眼差しなんです。髪にも白いものが目立ちましたから、六十代でしょうか。年をとると慎重になるというけれど、別にそこまで慎重にならなくてもね。

しかたなく私も怪訝な顔で問い返しました。

「御所ですよね？　京都御所でしょう（まさか吹上御所ではありますまい）？　ほら」

立派な文字で書かれてある京都御苑という立て札を再び、指さしたところで、私ははーんと思った。そうですよね、御苑と書いてあるんですものね、不安になりますよね。よーく見ると、門のそばの「車両進入禁止」といった禁札にも「環境庁」と書かれてある。御所といえば「宮内庁」ですからね。ということはここは、新宿御苑のようなところなのかしら、でも京都御苑なんてきいたことないし、と心配になる人がいてもおかしくない。

「あ、ここが御所です。京都御苑というのは京都御所の外苑のことです。でも京都の人も御苑と京都御所、大宮御所《おおみやごしょ》、仙洞御所《せんとうごしょ》みんなひっくるめて、御所と呼んでますから、そうですよね、ここにも京都御所と書いてくれてればいいのにね。あの、京都御所がご覧になりたいんですか。お知り合いに、御所を散歩したらと勧められた……。そしたらこの御苑のことだと思います。御所のなかは事前に申込みをしないと、入れませんから、そうです、桂離宮《かつらりきゅう》や修学院なんかと同じです。ちなみに京都御所はここから数百メートルくらい上がったとこにあります」

「はい、どうも、ご丁寧に、ありがとうございました」

おばさまたちも今度は、納得したのでしょう、笑顔でした。

京都には新参者の私も、御所なら人さまにガイドできるようになりました。

でも、御所を散歩するように勧めたという、おばさまたちの知り合い、私もお近づきになりたいものです。京都で御所というと、あまりにもあたりまえというか、有名すぎて、ことさらガイドブックでも大きく取り上げないのが、残念です。京都人にしても、あまり有名なところを推薦するのじゃ能がなさそうに思われるから、その次あたりのところを教える。聞いたことがない地名のほうが、教わるほうもありがたがったりしますからね。

「あんまり時間ないんですけど、どこ行ったらいいでしょう?」

と尋ねて、

「御所はいかがですか」

と、言われるより、

「高桐院《こうとういん》なんかどうですか」

と、言われたほうが、ほーお、と思うでしょう? 思いませんか?

けど、最近、気づいたんですけど、余裕の地元人、京都としては、本当の穴場は観光客には教えないみたいですね。桜、紅葉といった名所から、お豆腐、お漬物のご贔屓《ひいき》のお店に至るまで、人に教える場所、店と、自分が楽しむのは別にしているとこ、あるように思います。観光客に来られて自分の縄張り、荒らされては困る、というのもあるでしょうけど、もう一つ、ふだんづかいの景色、お店というのは、そのまちに暮らしてないと、本当のよさはわからないと思うんです。観光客の人が見たら、「こんなさびれた？」とか「こんな小さな？」というところだったりするんですよ。その挙げ句、「何や、あの人の審美眼というのは、大したことないな」と、思われたんではかなわん、そやから言わん。いけず半分、見栄半分、というところでしょうかね。

ほんまにええとこは雑誌には載らんのや、そうです。

京都のとある老舗のご主人にそんなことを話したら、

「いや、私なんかは、京都に来たら、まず御所と鴨川を歩くことや、と言うてますよ」

とのことでした。いわく、

「どの季節いっても、それぞれの風情があるからね」

春なら梅、桃、桜、初夏なら緑風、真夏は百日紅《さるすべり》、秋は銀杏に楓、冬は雪（ま、これは稀ですけどね）。ちょっと北東のほうの奥まったところに入ると、もうここはどこ？という感じです、公園というよりは樹林です。夏場だとあっという間に蚊にくわれます。昆虫採集に来る子どもたちもいるようですね。ただ御苑、とにかく広いですからね、御門からちらと覗くかぎりにおいては、玉砂利しか見えない。京都御所、大宮、仙洞御所を除いても、その面積はおよそ七十五ヘクタールもあるのです。ヘクタールなんて単位が出てくると、私の場合はもうさっぱりわからなくなるのですが、日比谷公園が十六ヘクタールだそうです。外側から見るかぎりにおいては、さほど広そうには見えないんですけどね、ただ一度、足を踏み入れると、そのどこまでも続く玉砂利の海に圧倒されると思います。もう御所の建礼門《けんれいもん》なんか、はるか彼方ですからね。私なんか疲れてるときだと、正直言って、躊躇します、うんざりするといってもいい。あー、あそこまで歩くのか、今日はやめとこうかなあ、うん、やめとこう、と踵返すこともあるほどです。南北が約一・三キロメートル、東西が約〇・七キロメートル、ですから一周で約四キロメートルです。

　もちろん現在は国民公園となっていますから、テニスコートやグラウンドなどの施設もありますが、そこはそこ、もとは公家町があったところですからね、あちこちに「×

×跡」という石碑が見られます。大小二百もの公家屋敷が建ち並んでいたのです。資料に慶応年間のこの一帯の地図をもらったんですが、これがなかなか楽しめる。といっても、ま、あの○○家はこのくらいの大きさだったのか、とか、そういうワイドショー的な覗き趣味ですが。極端に大きいのが桂宮《かつらのみや》、有栖川宮《ありすがわのみや》などの宮家と、九条《くじょう》、近衛《このえ》、鷹司《たかつかさ》家などの五摂家《ごせっけ》の御殿です。九条殿は一万坪（敷地）あったらしいんですよ。けどその他の公家の家は思ったより小さい。大きいものでも千坪くらいしかない。その当時は、武家屋敷や室町通あたりの大店のほうが大きかったんじゃないんでしょうか。千坪クラスの家には姉小路《あねやこうじ》、綾小路《あやのこうじ》といった公家や、柳原といった公家の名が見えますが、これ、あの柳原家なのでしょうね。この地図は御苑の案内板にも描かれてあります。

御苑内で現存するのは九条家のお茶室だけです。あとは全部、壊してしまった。せめて五摂家の一つだけでも残しておいてくれたら、貴重な文化遺産になったのに、何で全部、取り払ってしまったんだろう、もう、まったく西洋かぶれの明治政府が、と思っていたのでしたが、何とこれが恐れ多くも、明治天皇のご命だったのでした。ああ。

明治維新のとき、ほとんどの公家は天皇に従って、東京へ移りました（冷泉《れいぜい》家は御文《おぶん》庫《こ》とともに残りましたが、御苑の北、今出川通をはさんだ外側です）。つまりほとんどの家が空家になってしまったわけです。東京で土地を与えられた公家は、京都の邸宅地を国に上納。なかには借家にしたり、店にしたりしている家もあったらしいんですけど、空家、空地が目立つようになれば、当然荒れますよね。わずか十年たらずのあいだに、盗賊以外、近づく人はいないような、それはそれは薄気味悪いようなゴーストタウンになってしまったらしいです。明治十年、京都に戻ってこられた(正しくは行幸《ぎょうこう》というのでしょうね)天皇がこれをご覧になり、たいそうお嘆きになった。で、毎年四百円を与えるから、二十一年までに整備せよ、との命をお下しになったんだそうですよ。ひえー、とあわてた(私の想像ですが)府は大急ぎで、この整備にあたった。すべての公家屋敷を撤去し、その外周に石積《いしづみ》土塁《どるい》を築いて、民家との境界をはっきりさせた。その境界のところまで九つの御門を動かして、植林をして、道を広くして、瓦斯《ガス》灯を設置して、と命懸けでやったんでしょうね、植林まではわずか三年間でやり終えたらしいです。すべて完了したのも明治十六年とか。

というわけで、現在の御苑の原型は、そのときできたのです。

しかし九条家の茶室「拾翠亭《しゅうすいてい》」、一万坪もあった敷地のうち、どうしてたった四十坪の茶室だけを残したんでしょうか、これも明治天皇の思し召しだったのでしょうか。

資料によりますと「江戸末期に建てられた」「数寄屋《すきや》ふうの書院造りで二層からなる建物」だそうです。私など素人ですから、数寄屋ふうというような言葉を聞くと、何やらゴージャスなものを想像してしまうのですが、本当に簡素な建物。ここの広間から眺める九条池の眺めがいいんですよ。秋だと紅葉も美しいですしね。土曜日だけは一般公開されていますので、ときどき庭を眺めに訪れます。確か見学料は百円だったと思います。土曜日以外は、お茶会や句会などを催す人たちに貸し出しているようです。

うちの母も連れていったことがありますが、

「大正天皇の皇后さまは、確か九条家のお出だったと思いますよ。まあ、そしたら、このお茶室、お使いになってたんでしょうねえ」

などと、うっとりしながら申しておりました。うちの母、大正生まれですからね。

17 仙洞御所の舟遊び

京都というところは大きな台風に見舞われることは少ない場所のようですけどね。九八年の台風7号は雨よりも風がすごかった。ちょうど昼間だったこともあり、その様子を部屋から見ていたんですけどね。二〇メートルはある御苑の大木群がまるで竜巻にでもあったかのように、大きくうねっているんです。荒れ狂ってる樹木の海、といった感じでしょうか。私、平野育ちなものですから、樹木がそこまで揺れてるさまを、間近に見たことがありません。うわー、台風というのはすごいんだなあ、と思うと同時に、樹木というのは強いんだなあ、こんなに揺れても折れないんだ、と思ったものでした。

が、翌日の朝刊、見たら、折れてました。

さっそく（というのは不謹慎ですね）、見に行きました。

玉砂利の上には松の大枝、小枝、青いままの松ぼっくりが散乱しています。ちょっと拾っていこうか、うちの信楽の大壺に飾れるしな、と手に取ったら、バチが当たった。松ヤニがべっとり。これが取れないし、ちょっと匂うし。ああ、子どもの頃にはこれと同じような体験を何度もしたのになあ、と思ったのでした。年齢《とし》とってますます賢くなってるつもりだったんですが、それと同じくらいに忘れているものもあるんですね。

ぎんなんの匂いも忘れてました。あの台風では長野のりんごが収穫を前にほとんど落ちてしまったようでしたが、りんごが落ちるくらいですからね、ぎんなんの実なんかばっさばっさと落ちますよね。銀杏の青々した葉っぱと実、それが玉砂利の上にこんもりと降り積もっていました。もったいない。おまけにぎんなんの実が踏まれて、ぐにゅぐにゅになってるもんだから、匂う（いや、臭うかな）の何の。

ぎんなんっておいしいですけど、そうなんですよね、臭いんですよね。

台風の被害の様子を見に行ったつもりが、葉っぱを拾ったり、匂いを嗅いだり、思わぬ植物観察のひとときとなったのでした。

朝刊にも載っていた、梨木神社の老木はどうやら根元から倒れてしまったようで、私が行ったときにはすでにノコギリが入れられて、参道の脇に寝かされていました。

その二、三日あとに、ちょうど前々から京都御所と仙洞御所の参観申込みをしており、築地塀のなかにも入りましたが、小枝はおろか葉などもすでに片づけられておりました。さすが宮内庁管轄などと思ったのですが、さてどうなのかしらん。ただ、御車寄《おくるまよ》せのあたりに、屋根を葺《ふ》いている檜皮《ひわだ》がはらはらと木の葉のように落ちておりまして、はい、もちろん私のことでありますから、拾いました。拾って持ち帰りました。天神さんの市で買った古民芸のこね鉢のなかに、和紙を敷いて、一応、恭しく、飾ってあります。ただの木の皮ではありますが、見る人が見るとちゃんとわかる。漆器アンティークの「うるわし屋」さんのご主人（女性です）なんか、見るなり、

「これ、檜皮葺きの？　どこの？　もしかして御所？」

私がうれしそうに頷くと、さすがの骨董屋さんも呆れてました。

御所の屋根というのは瓦ではなく、檜皮葺きといって、檜《ひのき》の皮を幾重にも重ねてあるんです。寺は瓦、神社や住居として建てられたものは檜皮葺きのものが多いようです。

しかしこの檜皮葺き、二十五年から三十年くらいに一回、葺き替えが必要。かように

昔の建物はこのメインテナンスがたいへんなんですね。ちなみに檜皮葺き、坪あたり五十万円ほどかかるという話です。軒づけは坪百五十万円とか。これを知ってしばらくは、檜皮葺きの屋根を見ると、反射的に、五千万円、一億円などと計算してしまう私でございました。それだけではございません、職人さんがいませんからね、頼んでから順番が回ってくるのに二年はかかるそうです。ですからよほど必然性があるか、財政にゆとりがある場合でないと、銅板葺きに変えてしまいますよね。

嵯峨野《さがの》にある二尊院《にそんいん》のご住職も、

「うちも昔は銅板葺きじゃなくて、檜皮葺きやったんですけどね」

と、静かに仰ったものでした。

かつ、ですよ、そこまで時間と費用をかけても火事には弱いですからね。御所などは今は銅板を敷いてから、その上に檜皮を葺くようですが、昔は直接だったわけでしょう。屋根に火がついたらあっという間ですよ。

だから、というのもなんですが、御所は平安京の頃から、たびたび火災で焼失している。そもそも今の場所に御所が移ってきたのも、前の御所（大内裏《だいだいり》）が火事で焼けたから。それまでは今の千本丸太町《せんぼんまるたまち》の北側にあったんです。

京都御所の建造物、どのくらい古いもんだと思います？　御所ですからね、城のように戦火に塗《まみ》れることもなかったわけですし、私なんか少なくとも数百年の歳月は経《た》っているものと思ってました。ところが何と、現在の京都御所は一八五五年に再建されたものなんです。ということはここをお使いになったのは孝明《こうめい》天皇と東京に移られるまでの明治天皇だけ、ということになりますよね。ご存じのように、一八六八年が明治維新ですから、この御所、たった十三年ほどしか使用されなかったんですね。

ですから参観したときは、その予想以上の「きれいさ」にはちょっと驚きました。いかにも歳月の筆で、かすれた趣の色合いになっているものと思っておりましたから。保存状態がいいのもあるとは思いますが、紫宸殿《ししんでん》の丹朱《たんしゅ》などなかなかあざやかなものです。

おまけに小御所《こごしょ》（王政復古の決定を下す会議が行われた）など、昭和三十三年の復元です。せっかく焼夷弾に狙われることもなく、新しい世を迎えたのにね。京都というのは戦後、金閣寺や京都駅も火事で焼いてしまってるんですよね。

ここの出火原因もね、金閣寺の放火と同じくらいに、驚きですよ。花火が落ちて燃えたんです。鴨川で打ち上げた花火が屋根を直撃したんだそうです。たぶん京都市の消防署の威信にかけて、迅速な消火活動にあたったんでしょうけどね。市内の全消防車が集結したといいます。しかし火の回りが早く、出火して一時間ほどで全焼してしまったのです。昭和二十九年の八月十六日、折しも大文字の送り火の日のことでした。

今はスプリンクラーなどが設置されているのでしょうけど。それほど古くないといっても、御所ですからね、寺とか神社などと違って、唯一無二の文化遺産でしょう。大事に守っていかないとね。以来、鴨川での打ち上げ花火は禁止になったとききました。

京都御所の一般公開のときなど、消防車が待機してます。門に入る前には、手荷物チェックも行われます。あれはナイフなんかより火炎瓶とかのチェックをしているのでしょうか。荷物の多い人なんかたいへんですよ。バッグのなかまで開けさせられますから。一般公開にいらっしゃるときは、見られて困るようなものはお持ちになりませんように。

春、秋の一般公開は、確かに申込みをせずに入れますけど、警戒も厳重ですし、混雑もしますから、あまりお勧めはしません。観光バスでくる団体さんが多いせいか、記念写真撮ればOKという人が多くて、俗っぽいんです。せっかく参観なさるなら、申し込んでからのほうがいい。宮内庁の人の案内がつきますしね。

季節でいえば、梅雨どきか、晩秋から冬にかけてがいいんじゃないのかなあと思います。ま、これは私の好みですけどね。雨に濡れていたり、きーんと建造物が冷えきっているときのほうが、歴史や美しさが心に迫ってくるような感じがするんです。

私が申し込んで参観したときは、台風の二、三日あとの、雨が降ったり止んだりのお天気でしたから、京都御所だけでなく、仙洞御所《せんとうごしょ》はそれはそれは美しい世界でした。仙洞御所っていうのは、天皇の隠居所みたいなものでしょうか。譲位した天皇（上皇）がお住まいになったところです。政権を得た江戸幕府が、一六三〇年に後《ご》水尾上皇《みずのおじょうこう》のために、小《こ》堀遠州《ぼりえんしゅう》を作業奉行に任命して、造営したんだそうです。京都御所の南東に別の築地塀がありますが、その内が仙洞御所と大宮御所（こちらは皇太后のお住まい）です。ただし仙洞御所は建物は残っていません。一八五四年に消失後は、こちらは再建されませんでした。

ただし見事なお庭は残っています。いや、見事というより、異次元なんです。

「ここだけは、時の流れが避けて通っているのではないかしらん」

と、思うほど。築地塀の外からはまったく窺い知れない世界が、そこには静かに存在しています。それとこれは池《ち》泉回遊式《せんかいゆうしき》庭園のわざ、なんでしょうけど、どこまで歩いても庭の果てがないような、錯覚に陥るんですよ。どこか別の時空にぐいっと迷い込んでしまったようなね。

「こんなに広かったろうか」

私など、築地塀の外側はいつも歩いているでしょう。合点がいきませんでした。

ちなみに庭園の設計者、小堀遠州というのは千利休と並ぶ茶人でした。「小堀遠州流」の祖です。めちゃくちゃ才能のある人だったようですよね。しかし後水尾上皇は、武家的といいましょうか、直線的な遠州の庭園はあまりお気に召さなかったようで、遠州の没後、ご自分の貴族趣味に合わせて、ゆったりと雅びやかなものに大改造されます。さらにはその延長線上として、修学院離宮の造営に取りかかったのだとか。後水尾上皇、ご長寿だったんですよ。八十四歳でご崩御とのことですから。

この庭園は紅葉や藤の名所とされているようです。さもありなん、という感じです。

私の印象に残ったのは、池のまわりが浜辺のようになっているところがあるんですが、そこに敷きつめられた星の数ほどの小石。これがみんな大きさといい形といい揃っているんですね。長さが約八センチメートル、幅が五センチメートル、厚さが二センチメートルくらいの小石です。よくぞ集めたと思いきや、これ小田原藩主大久保侯、献上の石で、石一つにつき米一升与えて、領民たちに集めさせたのだそうです。それもですよ、その一つ一つを真綿でくるんで献上したのだとか。一升×星の数（十一万個とか）＝うーん……。

そのへんの（といっては失礼ですが）お寺の回遊式庭園とはスケールが違います。

私は母と夫の三人で申し込んだのですが、大学生くらいの男のコが自分のお祖母さんを車椅子に乗せて、参観している光景にも遭遇しました。上皇や皇太后さまのお住まいだった場所に、ふさわしい光景でしょう。車椅子では回れないところもあるんですけど、少々の段差はみんなでお手伝いしながら、車椅子を担いで登りました。急いでる人なんかいませんから、なごやかなものです。うちの夫も車椅子を担ぐのをちょっとお手伝いしたのですが、

「あの車椅子、旧式だから、見かけより重いんだよ。彼、偉いねえ」

と、話しておりました。みんな景色に交わって、いい人になってますからね、

「僕、お義母さんが歩けなくなったら、押しますから」

「私も手伝うわよ。でも、新式の軽い車椅子にしようね」

などと、親孝行なことを言ってしまいました。

同じ築地塀のなかにある大宮御所は火災のあと、孝明天皇の女御《にょご》、英照《えいしょう》皇太后のお住まいとして再建され、今日もここだけは現役の御所として使用されています。なので屋

根は銅板葺き、障子には窓ガラスが入れられ、レースのカーテンがかけられているのが、外側からも窺えます。宮内庁の方の説明によると、床には絨毯が敷かれ、ベッドや洋家具が置かれているのだとか。英国のエリザベス女王夫妻や、チャールズ皇太子と故ダイアナ元妃が来日なさったとき、京都ではこちらでご休憩、あるいはご宿泊なさったのだそうです。やはり安全上の問題でしょうか、ここなら警護がしやすいですからね。

築地塀にふれただけで、けたたましい非常ベルが鳴る仕組みになっているらしいですから。私はまだ遭遇したことはありませんが、たまにそれを知らずに、もたれたりなんかして、非常ベルを鳴らしてしまう人がいるらしい。たちまちパトカーがやってきて、

「どうしましたか」

と、尋問されるらしいですよ。

天皇、皇后両陛下がお泊まりのときは、仙洞御所のお池で舟遊びをされることもあるのだそうです。天皇陛下自らオールを持たれて、皇后さまと鏡のようになめらかな池の水面をすべっていかれるのだとか。舟には緋毛氈が敷かれましてね。

このエピソードが宮内庁の案内係の人から披露されると、

「まあ……」

と、参観者からは、感嘆のため息がもれました。私たち母娘も、顔を見合わせながら、おのおのそのご様子を思い描き、うっとりしてしまうのでした。

18　骨董買うなら寺町通り

以前、雑誌のインタヴューのときに、

「麻生さんの好きな京都の通りで撮影したいんですが」

と訊かれたことがありました。そう訊かれれば、もう一つしかありません。

「寺町通——丸太町から二条までの寺町通が好きです」

と、答えたものでしたが、

「寺、町、通ですか」

と言ったときの編集者の一瞬の目の輝き——。これは、いかん、この人、古刹ばかり

が立ち並ぶ、いかにも京都といった通りを思い浮かべている——。あわてて、

「寺町と言っても、お寺は丸太町から二条までは、一つしかありません。ただ骨董屋さんが集まってるんです。そのすきまを縫うように、お茶で有名な一保堂《いっぽうどう》とか、和紙で有名な柿本《かきもと》とか、お菓子の村上開新堂とか、お寿司の末広《すえひろ》とか、老舗が店を構えてます。京野菜屋さんもあるし、うちのお買物通りなんですよ」

と、追加説明をいたしました。いったんは落胆の面持ちだった編集者の顔が、知ってるお店が出るたびに、また輝いてきます。う－ん、わかりやすいお人だ。

が、そこに案内したとたん、また目に影が。困惑の表情というものですかね。とはいうものの、私のほうは「ここがいい」という表情をしっかり浮かべておりましたから、編集者さんは腹をくったようでした。よって撮影は寺町通で無事、行われました。が、お疲れさまをしたあとで、彼女は微笑みながら、こう訊ねたのでした。

「あの、私たちはまだ時間がありますので、京都の町並みを撮ってから、(東京に)帰ろうと思うのですが、どこかいい場所を教えていただけませんか」

一応、石塀小路《いしべこうじ》などを挙げてみましたが、お気に召したでしょうか。あそこはどんな女性でも、着物でゆっくりと歩けば二割がた美人に見えるという通りですからね。

そこ行くと、寺町通はふだん着で歩く路です、着物なら紬なんかですーっと歩く路。丸太町より北、御所の東側から鞍馬口《くらまぐち》あたりまで、南は四条通から松原通あたりまでは、文字通り、寺、寺、寺の通りです。京都大改造の秀吉がこの通りに寺を集めたんですね。鴨川の氾濫《はんらん》をこれで止めようとしたらしい。この鴨川、川のくせに、まるで大路、小路のように直線でしょう。出町柳《でまちやなぎ》のところから二本（東が高野川、西が賀茂川）に分かれますが、まるでアルファベットのYの字ですものね。川といえば蛇行するのが常、なぜ。昔はもっと西、つまり洛中を流れていたらしいんです。ところがしょっちゅう氾濫するので、むりやり流れを変えたんだというんです。昔の人もやりますなあ。

ですから昔はこの寺町通より東側は湿地帯、家はなかったらしいですね。

そんな寺町通ですが、昔（これは最近までの昔）、市電が通っていましたので、ほかの小路とは違い、丸太町通、二条通間は妙に道幅があり、歩道が設えられています。ふだん着の通りではありますが、商店街の賑々しさはありません。私、アーケードが嫌いなんですが、幸い、この区間はないんです（御池より南はあります）。

ふだん着とは言え、文化の香りがする通りです。硯とか筆を売っているお店とか、古書屋さんなどの骨董屋さんが集まっているからかもしれません。骨董好きの私としては、こんな極楽通りはありません。ここは夕食の買物をしながら、骨董も眺めることができるのですから。京都の骨董通りと言えば、新門前通《しんもんぜん》、古門前通《ふるもんぜん》が知られていますが、京都に来てからはあまり行かなくなりました。古門前通には、一枚、何万円といった伊万里のうつわがそれこそ、そのへんの食器屋さんのように、棚にびっしりと重ね置きされているという、夢のようなお店もあります。時間のない観光客にはありがたい通りです。あのあたりの骨董屋さんの看板にはローマ字表記も併用されてますが、これは明治の頃に、外人さんがよく訪れていたからだという。しかし数が限られている時代ものを、これだけ常時、揃えているということは、当然、お値段もはります。しょうがないですよね。

幕末から明治にかけての、伊万里、漆器なら、だいたいの相場がわかるようになりましたので、ほしいな、と思っても、行きつけのお店以外では、がまんができるようになりました。どうしてもほしいものがあるときは、こんなのが出てきたら、取っておいてください、とか、セリで落としてください、とお願いしておくんです。私も一応、一見さんから、そんなことができる「お客さん」に成り上がったというわけです。自慢。

うちでいちばんの大物の水屋簞笥は、京都アンティークセンター内の「ながた」さんにお願いして、セリで落としてもらいました。

よく行くお店を挙げておきますね。

漆器は、丸太町寺町を一筋西に入ったところにある「うるわし屋」さん。

ここのご主人（女性）は、もとは奈良でお店をやっていた。ですから京都を見る目が、京都の人とは違うところがあるんです。そのへんが意気投合したのかもしれないですね。今ではすっかり仲良し、お友だちのひとりです。いや、友だちのひとりに加えてもらっている、という感じでしょうか。

私、漆器もね、新しいものには興味がないんです。もちろん輪島塗は高すぎてとても手が出ない、というのもあります。でもそれ以上に、私には、磨き上げられたばかりの、あのツヤがどうも恥ずかしいんですね。そこへいくとアンティークの漆器というのは、使い込まれていますから、金の蒔絵が施してあっても、落ちついた風合いです。一般の人に、ふだんづかいしてもらえるように、ということで、うるわし屋さんはわりと手頃なものを置いてくれてるんですね。明治から大正時代のものが多い。うわー、とため息が出るような蒔絵のお椀でも、五客、十万円前後。これが今の輪島なら、一客の値段でしょう。

でも五客で十万でも、私にとっては高いんですよね。あるとき、どうしようと迷っているうちに、ひそかに狙っていた花絵替り椀は、売れてしまって、もう後悔することしきりでした。こうなると二番目くらいに好きなもので妥協しようかなあ、という気になったりするんですね。恋愛と同じでしょうか。すっかり見抜かれて、

「ま、焦らんと。また同じようなんが出てくると思いますし」

と、うるわし屋さんになぐさめられてしまいました。

お椀、安いものだと一客二千円くらいからの菓子椀もあります。うちではこれが大活躍。気分を変えたいときは、ご飯茶椀としても使ってしまいます。煮物を盛るときもありますし、蓋は手塩皿《てしおざら》のように使ったり。特にごはん会をするときは、黒のお膳には、朱塗りのお椀は色が映えるので、ご飯茶椀として使うことが多いんですね。

あるときアメリカ人を招いて、ごはん会をしていたら、これが日本通らしく、

「ニホンデハ、ライスハ陶器、スープハ漆器ヲツカイマスネ。デモ、コレ、漆器デスネ、ヨイノデスカ?」

と、訊くんです。うっ、よいのか? よいのだ、見立てなのだから、でも、見立てっ

て英語で何と言うの？　すると同席してくれていたうるわし屋さんがすっと助け舟、「日本では十五世紀くらいに中国から陶磁器が入ってくるまでは、すべて漆器を使《つこ》てたんです。こういう使い方のほうが伝統的なんです」

と、英語で説明してくれました。そうか、見立てというより、こっちのほうが正当なのか。そういえば精進料理のお膳、お雛さまのお膳は、漆器だもんなあ。アメリカ人だけでなく、そこにいた日本人は一同、そうなのか、と合点がいくことしきりなのでした。

伊万里の染め付けや、面白い小物を買うときは、寺町夷川の「やかた」(現在は残念ながら縄手古門前上ルに移転してしまいました）です。買いやすいんです。同じような時代の、同じ文様の、そば猪口、なます皿が、東京や新門前通なんかより三割がた安いこともあります。ですからプロの人も買い付けにくる。一度、これもあれもと次々と買っている女性客がいるので、失礼とは思いつつ、

「お好きなんですか」

と、訊ねたんです。あら、困ったわね、というような顔をしながら、

「いえ、神戸のほうでちょっとお店をやってるもので」

「骨董屋さんなんですか?」

「え、ええ……。アンティークのお店をやってるんです」

そうか、それなら安心できるな、と思ったのでした。

またあるときは、電卓を叩きながら、筆談でやりとりをしている男性客に遭遇。私自身が難聴なものですから、ああ、耳が不自由なのね、と勝手に解釈しておりましたら、

「今のお客さんですか、台湾から買い付けに来はったんです。漢字やとおたがい何とかわかるもんやから、筆談してたんです」

はあ、とんだ早とちりをしたものでした。海外からも来るんですか――。

なぜこうも、プロの人が来るかといえば、やかたさんは初出《うぶだ》し屋《や》さんだからです。

初出し屋さんなんていう言葉、京都に来てからはじめて知りましたが、セリ市で仕入れるのではなく、旧家から蔵ごと仕入れてくる骨董屋さんの呼称なんだとか。ここにお店を持つ前は、主にプロ(業者さん)の人と、商売をしていたとききました。

ウブダシヤさんなんてかわいいですよね。何でも、人の目に晒されていない、ウブなものを出してくるから初出し屋さん。骨董の世界でも、ウブなもの、人目に晒されていないものほど、お値打ちものなんだとか。売買されるたびに、少しずつ値は下がってい

くという。そういえば女の人も昔はウブなほうが価値が高かった、傷もの、なんていう言葉があったんですものね――などと思っていたら、やかたさん、

「女の人の前で、こんなたとえを言うのは悪いけど、昔の廓《くるわ》なんかもそうやね」

もっとすごいたとえをしてくれたのでした。

そんなわけでお宝ものは店先には飾らないのだとか（防犯上とか、税務上の問題もあるのでしょうが）。上得意のお客さんが来たときだけ、奥からおもむろに取り出してくるんでしょうね。ま、その、私には関係のない世界でございます。

このあいだは店先にどーんと置かれていた、昔の電気ストーヴを買いました。もちろん日本製です。自分で調べてみたんですが、電気ストーヴっていうのは、日本では大正四年にはもう造られているんですね。電気屋さんで点検してもらって、ソケットが今のとは大きさが違っていましたので、取り替えてもらって、現役として復活です。反射鏡なんか銅板ですし、鉄の唐草模様の蓋がついてるんです。電気ストーヴではありますが、いかにも大量生産ではなかった時代の、職人さんの気骨を感じます。

洛中のお医者さんのお蔵から出てきたときききました。

あと寺町二条下ルの大吉さん。ここは昔、割烹だったので、骨董屋さんだけではなく、茶房も兼ねています。古伊万里とか、瀬戸の、いいものが置いてあります。豆皿、手塩皿の数は相当なもんです。実はここのご主人は作品集を出版するような陶芸家でもあるんですが、お店ではいっさい自分の作品は売らない主義——、というふうに骨董のガイドブックなんかには出ていますが、友だちからこっそりこんなことを聞きました。

「どうしても分けてほしい言うファンがいはるんです、そやから年に一回だけ、展示会、やらはるんです。その日は、朝の十時が開店やのに、八時頃から寺町通にはずらーっと列がでけるんです。知らん人が見たら、何かと思うでしょうね。東京からも、有名なファッション・デザイナーの人が、お友だちをいっぱい連れて、来はるし。その人たちの着てる格好、見てるだけで、私ら、楽しいんです」

「××さんなんかも並ぶんですか?」

「どんなに有名な人でも並ばなあかんのです。特別扱いとか、そんなんいっさいしはらへんお人やから。そやけど今年は何やとにかくすごい人で——」

これ以上のことは書きませんが——。友だちにいわせると、ちょっと常識を疑うような東京人もいたもようです。別の陶芸好きの友だちに話したら、

「ああ、そうなんか。うん、日曜日の朝やろ、何やらさわがし思たわ。グループでブライトンて、そりゃ、大名旅行やなあ。せやけど、東京の人も根性あるなあ。東京の人いうんは、私だけが知っている通の京都、みたいなんを競わはんにゃね」

どきっ。それ、私にもあてはまりますね。何かというと、そういう東京人に対して、

「私は仮にも三年、暮らしてるんです、大阪弁と京都弁の区別もつきますしね、年季が違いますよ」

と言いたがる傾向にあります。

雑誌なんかを見ても、近頃の私は張り合いますからね。

「あ、こんなん知らんかった、悔しい」

でも、大吉さんのお店が好きなのはそういう「通意識」からじゃないんです。

大吉さんところの老犬に会うのが楽しみなんです。もう頑固なおじいさん犬で、五メートル、散歩するのに十分かかるような衰えようなんですが、それでも人の手を借りるのを嫌がる。夜は二階で寝るらしいんですが、階段を上がれるような筋力はもうついていないんです。それでも二階へ自力で上がろうとする、飼い主の手を借りるのも嫌がる、という話をききました。動物が老いぼれると、ふつうはかわいそう、といったような悲

壮感が漂うものですが、ここの老犬は衰えてもなお、威厳があるのです。

この翁犬が家の前を散歩するときは、通りがかりの人の足が止まります。手を貸すわけでもなく、哀れむのでもなく、老犬の歩行を優先させるために、足が止まるんです。その、人の姿もなかなかいい景色でしょう。会ってみたいですか？　でも展示会のときは人に預けるそうです。そ、この翁犬はふだんの大吉さんを知らないと、会えないんです——って、結局、また張り合っている。寺町通って、そんな通りです。

追記　この老犬は、二〇〇〇年十二月二十五日享年十八で、天に召されていきました。

19　骨董市の常連さん

　骨董といわれるものが好きなんです。それがなかったら京都というまちに、ここまで魅かれたかどうか。昔から古いものは好きでした。

　でも、それまでの私は、骨董といえども、美人にしか興味がなかった。もちろん古美術と呼ばれるようなものには手も出ませんし、またその価値もわかりません。私の美人、というのは、あくまで骨董の範疇で、さらに雰囲気ものの美人、美人に見えるものなら、何でもよかった、いえ、胸をときめかせた次第です。要するにガラクタ風情のもの、ぞんざいに扱われているものは、私の恋の相手にはならなかったのですね。

うつわでも雑器でいいんです。ただたとえば錆びついた鉄瓶なんかでも、花が挿されていると、美人に化けます。潤います。そういう骨董店のディスプレイものに弱かった。

「うわー、きれい」

で、次に正札を見る。この値段なら懐具合、痛くないな、と思ったら、買う。どんなにうっとりするようなものであっても、

「うっ、こんな値段するの、これはちょっと痛いなあ」

と思ったら、あきらめる。それはあっさりとしたものでした。そうですね、同じきれいさ、美しさなら、昔は西洋アンティークのほうが優先順位が上だったんです。

さっき「恋」という言葉を使いましたが、誰かを本当に愛するということは、どれだけその人に犠牲を払えるかだと思うんです。自己犠牲のない愛、というものを私は信じない。という持論から繙《ひもと》くと、その頃の私は骨董に恋はしていたけれど、愛しているわけではなかったんですね。

京都に来てから蒐集家と言われる人とも知り合いになりましたけど、そういう人たちというのは、私なんかとはもう気迫が違う。どんなに痛かろうが、あきらめない。たとえ借金をしてでも、自分がこれ、と信じたものは手に入れてしまう。

「男にどれだけの犠牲を払わせるかで、女の価値は決まるのよ」

と、言った人がいましたが、もしかすると骨董もそうなのかもしれない。

「今、買っておけば値段が上がるから」

というのは、蒐集家ではないんだと思いますよ。ビジネスです。

「あら、安いわねえ」

と、買うのも、蒐集家ではありません。お遊びです。

なんて、まるで本物の蒐集家の仲間入りをしたような口ぶりでございますが、いえ、わかったふうなことを言ってみたかっただけです。私、ケチで小心者ですから。お遊びしかできない性質なんですね。

ただね、京都に来てから、真剣に遊ぶようになりました。

清水の舞台からは飛び下りませんが、三条大橋の上くらいだったら、ま、何とか、浮袋を持てば、飛び下ります――つまらぬ冗談を言ってしまいましたが、

「この子のためなら、このくらいの痛みは我慢しよ」

と、昔に比べれば、思うようになりました。

そのための労力を惜しまなくなりました。お恥ずかしい話ですが、私、ふつうの人の

時計とは四時間はズレてるんです。ええ、遅いんです。その私が、弘法さんや天神さんの市に、朝も早《はよ》から、出かけるようになりましたからね。

毎月、弘法さん（東寺《とうじ》）は二十一日、天神さんの北野天満宮は二十五日、それぞれ縁日に、骨董市が開かれるんです。ちなみにこれも歴史もの、弘法さんの市は千二百年、天神さんのほうも室町時代から続く、という由緒あるものです。規模的にも東寺のほうがかなり大きい。この市なくしては骨董市は語れないのだとか。東京の自宅のそばの「世田谷ボロ市」しか知らない私は、その数にまず圧倒されました。具体的な数ですか？　私もね、お店の人に訊いてみたことがあるんですけど、

「さあ、千とか、二千とか、そのくらいは出てるんとちゃいますか？」

とのお答えでした。何という大雑把さ。でもその大雑把さが、弘法さん、天神さんの市をよく物語っているように思います。開いてる時間も、日の出から日没まで、ということになってるし、お店の人の機嫌も値段もお天気しだい、ですしね。

「雨で、もう店じまいするさかい、おねえちゃん（私のことです！）、全部で千五百円、どや。三つだけ？　あかん。六つ全部で千五百円」

「その破けてんのはいらんし。そしたら三つで千五百円でどうですか」

「あかん。三つやったら二千円。もう帰りたいんや。全部、持っていき」

結局、四つで千五百円ということになりました。ものは鉢カバーによさそうな竹籠。楽しそうですか？　うーん、こういう市は路上で美人さんをスカウトするような気分です。楽しむというより、挑むという感じでしょうか。

暮れの終《しま》い天神のときは、朝の七時頃からごそごそと出かけて行きました。それこそまだ薄暗い。それに寒い。人間から湯気がたつほどです。そしたら知人に遭遇しました。

この人がすごいんです。骨董好きが高じて、洛中から車で一時間半くらいのところに、築百年ほどの、凝った普請の古民家をまるごと手に入れたくらいですから。それを暇を見つけては、少しずつ自分で手を入れているんです。床なんか漆塗りです。もちろん本職は別にあるんですよ。グラフィックのデザイン事務所をやっている人なんですけどね。

その一部屋の修復が完成したというので、ご招待、というより無理やり、押しかけたことがありました。漆塗りの床に車簞笥が置かれて、両脇には屛風と和ろうそく――。出てくるうつわも当然、伊万里、古伊万里の染め付けです。が、よく見ると、金接ぎが入っている。それが反対にいい景色になっていたりするんですね。

「ホツやら欠けが入ってるのを安く手に入れて、全部、自分で接いでるんです」

「自分で？　これ、プロに頼むと、何万って取られたりするんですよね」

私のもやってくれないかなあ……。

「他人のはやりませんけどね」

先手をとられてしまいました。

この知人、市にはいつも行ってるというので、じゃあ、今度、私もお供させてください、と頼んだことがありました。まだ私が弘法さんにも天神さんにも、行ったことがなかった頃の話です。「いいですよ」との色よい返事。ところが、何と待ち合わせが朝の七時だというんです。思わず、ひぇー、と素っ頓狂な声を上げてしまいました。四時間ズレてる人ですからね、私。七時だなんて、夜中の三時ですよ。

「なんで、そんなに早く行くんですか？　日没までやってるんでしょう？」

「みんなの目に晒されて、残りもんになってからではイヤやからね」

「はあ……。わかり、ま、し、た」

と、返事はしたものの、一抹の不安は見事に的中しましたね。起きたら七時だったんです。あわてて電話して、

「すみません、寝坊しました。先に行ってください。あとからひとりで行きます」

しかし結局、二度寝して、行かず終い。大ヒンシュクを買ったのでした。

でも、この人だけでなく、この手の通の人というのは早起きみたいですね。

「店の人が地べたに並べてるようなときに、すーっと手を出して買わはるみたいですよ。十時にもなると、素人さんが来るでしょ。え？　素人さんて、観光客のことです。ふだんはそれほどでもないけど、終いとお初のときは、十時になると、観光バスで団体さんが押しかけるんやて。歩けんほどの人出になるて、言うてましたよ。せやから遅くても、地元の、いっつも行ってはるような人は、その前に行かはるみたいです」

　ずっとあとになって、友だちの骨董屋さんから聞きました。

新幹線に乗って、東京から来る人もいるそうですからね。

「いやあ、このあいだの弘法さんはえらいことでしたわ。祝日と三連休になってたさかいに。もうものすごい人で、ゆっくり見られへんかった」

　いつもの仲良しの友だちが、報告の電話をくれたんですけどね。

「いつものおばさん（千とか二千の露店が並んでも、通の連中は、行きつけの店に直行です。同じ場所に店は出ますから）とこで、また縞のきもの、買《こ》うてんけど。観光客がもうるそうて――、わざわざ東京から新幹線代、使って来てるんだから、おばさん、負けてよ、とか言うてはんねん。もうアホやなあ。そんなん言うたら、こっちの人は絶対、負けてくれはらへんのに。なんでて、おばさんにしたら、東京からわざわざ来たんは、あんたの勝手やろ、いうことやし。そのへんが東京の人はわからへんのやなあ」

どきっ。東京にいる頃の私だったら、同じこと言ったかもしれません。

観光ガイドブックには、こういう骨董市では必ず、値段の交渉をするように書いてあります。そのやりとりがまた骨董市の醍醐味です——とかね。しかし東京（遠く）から来たんだから、特別扱いしてよ、と言われてもね、友だちが言うように、そもそも店の人には関係ないことです。むしろ東京の人は一見さん、常連さんとは違います。そこを押して負けてもらいたいなら、もっと真摯に店の人に向かい合わないと——。

「おばさんもいけずやから、東京の人に聞こえよがしに、あんたはいつも買《こ》うてくれるさかいに、これ、負けといてあげよ、言わはってん。ひゃー、儲かってしもた」

京都の人がお店の人と、親しげに値段交渉しているからといって、一見さんの東京人がそれを真似すると、たぶんお店の人は「何や、厚かましいなあ」ということになるんじゃないかと思います。ですから少し謙虚にしていたほうがいい。友だちを見てるとそういう感じです。市ではもう愛想がいいのなんの。下手に出ながら、結局は負けてもらうんですから。こういうところは、京都の女性は巧いですよ。市とかね、ディープな京都というのは、最初のときは、通の人に連れて行ってもらうのがいいかもしれませんね。

　格式のある古美術店ではなく、こういう骨董市こそ、それを買う人の人柄とかセンスが浮き彫りにされるような気がします。来ている人を眺めるのもまた一興。何をしてるのかわからないけど、何や、この人、ただもんやなさそうやな、という人がいます。手に取って見てるときの姿がね、どんなガラクタもんでも、拝見、という感じなんです。いつもの友だちは古着専門ですけど、やはり年季が入ってますからね、すっと生地をさわったり、裏をめくったりするときの、手つきが違いますよ。こうやって生地やら時代を確かめてるんです。彼女、売ってる人より、詳しかったりしますからね。古着は、売ってる人がきもの通であるとは限らないようです。むしろその逆とか。

「これ、生地、何ですか？　かたいですね」

「うーん、何やろなあ、銘仙《めいせん》やろか、違うなあ」

　外人さんたちは生地が何であろうが、きものの形になっていればいいみたいですし。ナイトガウン代わりに買っていくみたいですよ。化繊の打ち掛けとか、そういうの……。

　飄々《ひょうひょう》とした風情の、通人の知人は、そのへんのお店には出てこないような、変わったもの、珍しいものを捜してる様子です。これも知識があるからできることです。

かくいう私は、残念ながらそこまでの知識はありません。ただし、美人さんの伊万里や漆器などは、友だちの骨董屋さんのところで、ゆっくりと買えます。ですから、日用雑貨として面白く変身できそうな、言うなればファニーフェイスなものを、市では捜します。地べたにぞんざいに並べられてるものから、うん、キミは将来、有望だね、とスカウトするわけです。この板はテーブルにしようとか、菓子器にしようとか、ガラスの天板をのせようとか、そんなことを考えるのが楽しいんですね。

弘法さん、天神さんの市で手に入れたもののなかから、ちょっとご紹介。本当はこういうことを書くのは、品のないことだそうですが――。
①もち板――売ってくれた人の話では、東北地方で昔、おもちをこねたり、お蕎麦を打ったりするときに使われていたものらしいです。厚みが五センチメートル、幅が三〇センチメートル、長さが一八〇センチメートルくらいの大物です。材質はわからないんですが、とにかく重い。畳の間に置いたり、ソファの前に置いたり、直置きのときもあれば、足台を置くこともあります。
②舟板――舟板というからには、本当は舟の板なんでしょうけど、私のは風車の板だ

ということでした。ほどよい曲線と、朽ち加減がいいんです。ふだんは一輪挿しに見立てた鉄瓶を置いたり、香炉を置いたりしてますが、ごはん会をするときは、この上に葉蘭《ばらん》を敷いて、お皿に変身。焼きおにぎりなんかを置くと、よく似合います。

③木の鉢――お米のとぎ鉢だということでした。内側に洗濯板のようなぎざぎざがついてるんです。これはくだものを盛ったり、花を飾ったり、最近はきものの端切れで張り絵をしているので、その端切れ入れにしたり、いろいろです。

④大皿、こね鉢――自分で本を見て判断するに、たぶん長石釉の瀬戸ものだと思います。黄色で、重ね焼きしたときの痕が残っていて、それがかわいい。お皿のほうは大皿料理を盛りつけるお皿として、鉢のほうは観葉植物の受け鉢兼、鉢カバーとして使ってます。ごはん会をするときは、うつわとして登場することもあります。もちろんちゃんと洗うし、熱湯消毒もしてからですよ。黄色といっても、ちょうど黄葉したときのイチョウの葉っぱ色なので、栗ごはんを盛りつけたときには、とても映えました。

⑤背負い籠――使い込まれて、すっかり飴色になっています。山のほうの農家の人が使ってたということですが、洛外に松茸《まつたけ》狩りに行ったときには、リュックとして背負って出かけました。リビングにおいて、花籠として使ったりもしています。

⑥一斗樽——京都ではこれを鉢カバーにしている和花屋さんをよく見かけます。うちではガラスの天板をのせて、ちょっとしたテーブルにして使っています。

家に誰か来ると、十人中十人が、テーブル代わりに使っている、もち板のことを話題にします。誉めるとかそういったことではなく、

「これなに？」

と、単純に思うみたいです。異様に黒光りしてますからね、存在感がある。

私が待ってましたとばかり、さっきのような説明をいたしますとね、客人はだいたい「ほーう」と「ふーん」の二つに分かれます。「ほーう」と、感嘆の声をあげてくれた人の評価が、私のなかで上がるのは言うまでもありませんが、最低だったのはうちの母親。

「なに、この汚い板は——」

値段を言いましたら、今度はしばらく口が開いたままでした。

そもそも私も、天神さんで、この値段をきいたときには、あーあ、と落胆のため息をついたものでした。予想以上に高かったんです。古板一枚が……、うーん、それはちょっと手が出ないなあ。一度はあっさりあきらめた。ところが、日々、京都の風を吸い込んでいるせいでしょうか、その翌月の天神さんのときには、すっと、

「これ、売ってくれます？」

という言葉が唇からついて出た。あら、私も少しずつ通人になってきているのかしらん、ほほ、とひとり悦に入ろうとしたら、こんなことを言い返されたんです。

「いい板でしょう？　売れません。わかってくれる人にしか売りたくないんです」

はん？　なんて言いました？　私には売らないということですか……。

しかし、そう言われると、よけいに欲しくなる、これは私にもらわれてこそ、しあわせになれる板である、私はこの板をこのように使おうと思っている、と説得にかかった。本当にもうスカウトマンそのものでしょう。でも、そうまでして手に入れたことで、この板のお値打ちはぐっとまた上がったのでした。

むろん私のなかだけでの話ですけどね。

20　贅沢煮、贅沢着

ひと頃、帯をテーブルセンターに見立てるのが流行っていたことがありました。私も買ってみたことがあります。もう十年近く前のことになるでしょうか。白い帯（白地に白糸と銀糸で手鞠の模様が織られたもの）でしたので、ダークブラウンの西洋アンティークのテーブルにもよく合ってました。しばらく使っていなかったのですが、

そういえば、あれ、どうしたかしらん——、

と、久しぶりに取り出してみて、気づきました。これ、白無垢のときの帯でしょう、花嫁さんが締める帯。どんな花嫁さんの帯だったのでしょうねえ——。

それまで、私は帯にそこまで思いを馳せたことはありませんでした。もしかすると故意に、避けていたのかもしれません。やはり帯とはいえ、女の人の肌にふれるものです。人毛のカツラと同じように、人物像をくっきりと思い浮かべてしまうと、いささか気持ちが悪いものがあります。着物ともなればなおさらです。

しかし京都の弘法《こうぼう》さんや天神《てんじん》さんの市に行くと、古着の露店はけっこう繁盛しています。年配女性だけでなく、私と同年代、はては二十代の人たちにも人気があるようなのです。外人観光客が派手な化繊の晴着をガウン代わりに買うのはまだわかるのですが、彼女たちはいったい何に使うのかしらん。

私の友だちにもこの古着フリークの女性がいるんですね。ときどきいっしょに市に行くのですが、毎回、彼女、何着もの古着を買うんです。すごくセンスのいい人で、コム・デ・ギャルソンやワイズの洋服を着るようなタイプなんですけどね。こんなに古着を買い込んでどうするんだろう、まさか着るわけじゃないだろうし――。

ある日、とうとう訊ねました。

「古着って、誰が着てたかわからへんし、気持ち悪くない？」

「へ？　はあ、そやなあ……。弘法さんでも天神さんでも、地べたに敷いたビニールシートの上に、てんこ盛りで売ってるさかいに、よけいに汚らしいに見えるんと違うやろか。骨董好きな人でも、着物だけはあかん、言う人は多いみたいやし。伊万里のお皿なんかを買うのと違《ちご》て、何や貧乏くさい感じがするんやな？ それと、縁起担ぐ人なんかやと、着物は女の人が不幸なときに手放さはるもんやさかい、不幸が乗り移る、言うて嫌わはんねん。昔はお金に困ったときにしか、着物は売ったりはせえへんかったさかいに。うっとこの母親なんかでも、くたびれたら座布団とか、布団とかに仕立て直して使《つこ》てたし。そやさかい、まだ着れるような状態で出されてるのは、不幸もんやねん。そやけど、着物さんに罪はないさかいに、誰かが不幸になって手放さはったんなら、私が買《こ》うて、しあわせにしてあげよ、甦らせてあげよ、思うねんな」

「着る、の？」

「ひゃーあ」

「ひゃーあ、て？」

「これとかそうやねん」

と、彼女が指したものは、その日、着ていた幅広のパンツ。茶と黒の縞で、よーく見るとこの光沢はまさしく絹、洋服地ならサテン地とかいうものでしょうか。それを黒のコム・デ・ギャルソンふうのジャケットに合わせています。でも――。

「もしかして？」

「ふん。ほどいて、洗い張りして、自分で縫ったん」

「自分で？　洋裁できるの？」

　あたりまえ、という顔を彼女がしているのに、まず驚く私でした。そういえば京都って、ミシン屋さんが多い。御所のそばにも一軒あるし、寺町二条にもある。未だに花嫁道具に欠かせないものなのでしょうか。和裁、洋裁は女のたしなみの一つなのかしらん。私なんて、もう二十年近くもミシン、出したことがありません。縫い針に糸を通すのも、裾上げと、ボタンつけのときくらいです。それさえ面倒くさいのですからね。

　私は彼女のパンツを再び、しげしげ見つめました。

「これが着物地なん？　言われるまで全然、気づかへんかった。着物地いうと、小紋とか、そういう着物きものしたイメージがあるでしょ。ほら、京都でも、お土産屋さんなんかでよく売ってるやんか。ちりめんの着物地で拵《こしら》えた小物入れとか。そうか、こういう地味な着物地なら、洋服としてもまったく違和感ないものになるんだね。そういえば、いつも地味な色合いのもんばっかり買うなあ、と思ってたの。――これがあの一枚、二千円とか三千円の古着……」

なるほど、ちゃんと甦っているのです。貧乏くさくもないし、汚くもない。

「ほどいて、ばらばらになったのを、おしゃれ用洗剤で洗うねん。洗い張り、出す人もいてるけど、やっぱり自分で洗わんと、気色悪いさかいに。そやけど、洗《あろ》たら、絹やさかいに、くちゃくちゃになんねんな。それをぴしっと湯熨斗《ゆのし》すんねんけど、それだけはちょっと横着して、私はお店（悉皆屋《しっかいや》）でやってもろてんねん。きちんとのばして、一反の反物に接いでくれはるさかいに」

「接ぐ？」

「洗い張りした反物、見たことない？」

「うん――」

つくづく私は同じ年代の京都の主婦の人たちと比べると、ものを知らないと思い知らされます。母に訊ねましたら、

「見せたことなかったかしらね」

何と東京の私の簞笥のなかには、洗い張りした反物が入っていました。

「いつの間に？」

大好きだった、父の形見の大島を洗い張りに出してくれていたのです。

「××さん（私の夫）にどうかと思って出してみたんだけど、××さんは背が高いから、丈が足りなかったのよ」

　母が畳の上で広げていくと、なるほど、ザクザクと大きな目のミシンで継ぎ合わされています。見事に一反の反物に戻っていました。着物が直線裁ちであることはもちろん知ってはいましたが、実際にそれを見たときには、父の形見というだけではなく、何やら胸ふるえるものがありました。着物って、よくできてますね。洋服と違って、布地に無駄が出ないんですね。だから何度でも作り直すことができる。洋服にもできる。

「一反の反物にして、それ眺めながら、これはワンピースにしよ、これはスカート、と考えんのが楽しいねん。縫うのは好きやさかい、たいへんなんはほどくまでやな」

　ほどくのは、ミシン目ではないですから、簡単かと思っていたのですが、

「いやー、ほな、いっぺんやってみる？　埃がすごいねん。袖のこととか、袋状やさかいに、埃をためこんでんねんな。もう昼間とか、お日さんの下でやってると、一目ほどくたびに、埃が一気に吹き上がるのが見えんねん。すごいことですわ」

　長年、大事にされなかった鬱憤を晴らすがごとく、きーっと埃が吹き出すんだそうで

す。虫の残骸が出てくることもあるらしい——。

「悉皆屋さんに出したら、ほどくとこからやってくれるんでしょ？」

「うん、そやけど、やっぱり自分の手で元の姿に戻してあげたいと思うねんな。その手間ひまがええねん。麻生さん、贅沢煮て知ってる？」

またもや、すみません、知りません。

「京都だけのもんかもしれへんな。おこうこ——、たくわんがあるやろ。あれを一晩とか二晩、水につけて塩抜きしたもんを、おじゃこで煮《た》くねん。お醤油と鷹の爪を入れて。それを贅沢煮、言うねんけど。知らん？　そんなおいしいもんとはちゃうねんけどな、見栄《みば》えもようないし。せやけどこれが私は好きなんでございますよ」

いえいえ、その手間ひまが贅沢なんですよね。わざわざ漬けたたくわんの塩気を抜く、何ともったいないことではありませんか。おまけに何回も水をかえながら、寒いときなら、二日、三晩かけて塩気を抜く。新しい大根で煮《た》けば、その日のうちどころか、一時間もかからずにできます。そこをあえてやって、「贅沢煮」などと呼んでみる。いかにもちょっと斜に構えたがる、京都人らしい話です。

「お金を出してする贅沢には、奥がないもん、技もないし。やっぱり京都は奥が深いんだね。拝金主義の東京もんはちょっと身につまされる話やと思う」

　と、納得する私でした。

「そんなええもんとは違うねんけど」と謙遜しながらも彼女が言うんです。

「私はへんこ（ヘソ曲がり）なんやろな。他人と同じもんは嫌やねん。高いお金出したら、着物でも洋服でも、何ぼでもええもんが買えるけど、そんなお金もないし、そやったら私は自分だけの贅沢をしよ、思うねん。古着やったら何でもええというわけやないねんな。買うもんも、一応、昭和初期のものまで、と決めてるし、好きな縞か、無地しか買わへんしな」

　こだわりのあるたくわん古着を、一晩も二晩もかけて、洗い張りして塩気抜いて、そこから彼女のセンスをピリッと効かせて、洋服に仕立てているわけですね。

「せやねん、これ、私にとっての贅沢煮やねん。他人から見たら、そうは見えへんねんけど。だいたいこれ縫うた生地も、もとは二千円の古着やし、湯熨斗《ゆのし》のお金入れても、三千円もかかってへんねん。そやけど絹やし、染も昔のもんやさかい、色が違うし。こういう風合いは化繊や、化学染料では出ぇへん」

　贅沢ですよ、自分だけのオートクチュールですもん。自分で縫えるという技がまた羨ましい。本物の贅沢というのは、センスと才能が揃わないとできないのでしょうかね。

「ブランドものを買いあさってる人たちをどう思う？」

私は訊ねました。

「いや、それは人それぞれやと思う。私は私やし——」と、言ったかと思ったら、唐突に、

「ひゃー。そんな拝金主義がどうたらこうたらとかそんな大それたこと、考えてやってんのとちゃうねん。ほんま、つくんのが好きなだけやねん。不幸にまみれて、見捨てられてしもた着物を甦らせてあげんのが、楽しいねん」

と、笑う彼女でしたが、私はしみじみしてしまいました。

「いい話をきかせてもらって、ありがとうございました」

「なんでぇ？　麻生さん、あたりまえの話を喜んでくれはるから面白いわ」

いえいえ、すみませんねえ、ものを知らなくて。そうか、あたりまえの話か、そうか。

その話をきいたあと、私も弘法さんの市で一枚だけ黒の付け下げを買ったんですけど、そのままになっています。黒地に白で、肩や裾のところに「花」「心」といった文字が染め抜いてあるんです。華道のお師匠さんか何かが着てたものなんでしょうか。黒だけ

の部分をつかって、巻きスカートにしたい、などと言っていたのですが、やっぱりこの「贅沢着」、ちょっとやそっとの心意気では真似できるもんじゃないようです。

「早くも挫折してしまいました」

と、私が言うと、

「そやけど、自分でほどくと、着物がどういうふうにしてできてるか、ようわかるし、わかると、やっぱり着物が面白なるえ」と、彼女。

「はじめは誰が着たかわからへん古着やなしに、このあいだ言うてはった、お父さんの形見の着物とか、もとから愛着あるもんからやらはったら？　そやったら埃が縫い目から吹き上がっても、汚いとは思わへんし。洗い張りして、洋服やなしに、自分の着物に仕立て直さはったら？」

「ふん、そやね、そうするわ」

彼女の言葉ではないけれど、人それぞれ、私は私――。

うちの母に言いましたら、最初は渋っておりましたが、ほどくだけならと、祖母の形見の上布《じょうふ》を譲ってくれました。お正月休みにゆっくりほどくつもりです。洗い張りに出していた父の大島も、強引に譲り受けました。

「まあ、男ものを圭子が着るの？　やめなさい。これ、お父さんが戦争中に亡くなったお兄さんの形見分けでもらったものだし――。こういう地味なものがいいなら、自分で新しいのを買いなさい」

などと反対しつつも、どうやらその翌日に、母は仕立て直しに出しに行ったようでした。お正月に下ろそうと思っています。私なりの贅沢煮です。

若くして死んだ伯父、父の着物を私がしあわせに甦らせてあげる。

他人から見たら、ただのくたびれた着物ではありますが、これは私だけに許された贅沢。さりげなくひとりでそれを味わうことの矜持――、それは少しだけ私を品よく見せてくれるのでは、と期待しているのですが、どうでしょうね。

21　紅葉あれこれ

十一月になると、京都の人は紅葉のことが気になってしかたないようです。

「今年は遅いみたいやね」

「うっとこの近所（これが重文級のお寺の参道だったりする）も、まだ青いもん」

「やっぱり月末と違うやろか」

「去年は早かったなあ。勤労感謝の日にはもう見頃やったえ」

「そやったなあ」

「今年はあんまり紅《あこ》うならんのと違うやろか」

などと、通りで知った人と会おうもんなら、紅葉《もみじ》談義。競馬の予想ならぬ、紅葉日の予想がはじまります。季節と隣り合わせで生活している、というだけでなく、その時期を頭に入れておかないと、生活にも支障をきたす（こともあります）。その頃になると、市内が紅葉見物の観光客でふくれあがります。有名どころのお寺がそれに合わせて、特別拝観を催したりしますから、道路やお店やらがやたらと混雑するんです。

友だち三人と待ち合わせしたときに、一人が十分ほど遅れてきました。

「××はん、また遅刻やで」

「ごめん。えらい紅葉《もみじ》渋滞しててん」

「あんた、タクシー使《つこ》て来たん？」

「いや、自転車やってんけどな……」

いわく、道が観光客でいっぱいだったので、自転車を押しながら来たと——。

ま、ちょっと眉唾のような気もしましたけどね、しかし彼女の家は銀閣寺のそば、ま、あながち嘘ではないかもしれんなあ、と思ったものでした。

しかし、紅葉渋滞という言葉ははじめてききました。

タクシーに乗っても、喋りたがりの運転手さんだと、ちょっとスキを与えようもんなら、たちまち紅葉談義がはじまります。京都の運転手さんは愛想もいいが、喋りたがり。「今日どこそこにお客さん、連れていったけど、まだ三分というところでした。今年は十月の天気が悪かったでしょう、こういう年はあんまり紅《あこ》うならんのですわ」

と、紅葉についての講釈がはじまる。

ちょっとでも反論しようもんなら、たちまち機嫌が悪くなる。みなさん、自信をお持ちですからね。はいはいと相槌を打っているに限ります。

紅葉にも桜の開花日と同じように、紅葉日というのがあります。京都駅にはその頃になると、桜と同じように名所の紅葉情報を書き込んだ紙が張り出されます。この紅葉日というのは、緑の葉っぱがほとんど見えなくなった最初の日。今回、入手した資料（京都地方気象台の観測）によると、京都の平年値は十一月三十日らしいのです。

どうでしょう、意外と遅いでしょう。九八年から過去十五年のうち、紅葉日が十一月だったのはわずかに五回しかないんです。それも九七年を除いては、みんな月末（この九七年は一週間も早くて、二十四日でした）。

ですから、紅葉をいつ頃、見にいったらいい？　と訊かれると、私は、

「混んでてもいいなら月末。静かに愛でたいなら十二月の上旬」

というふうに答えるようにしています。

だって、例年より紅葉日が早まったとしても、桜の花とは違って、紅葉はいっせいには散りません。紅葉は干菓子みたいなもんですから、日持ちがします。年によっても違いますが、二週間から三週間はたっぷり賞味、いえ、観賞期間でしょう。八割の葉が落ちてしまった日を落葉日というのですが、九七年でも落葉日は十二月九日でした。それにね、落葉を眺めるのもまた一興でしょう？　ひゅるると風にすくい上げられて、放物線を描いて散っていくさまは、下から眺めると、本当、花火のようですからね。緑色の苔の上に落ちた紅や黄色の葉のまた美しいこと。地面を切り取って額縁におさめれば、それでそのまま一枚の絵が出来上がります。枝にわずかに残る紅葉《もみじ》の姿には、最後まで生きる大切さを教えられたりしますからね。

年によっては、絵に描いた葉ではないでしょうにね、最後の一葉がなかなか落ちないときがあるんです。「がんばって！」と、思わず声をかけたくなってしまいます。落葉日が遅かったのは九四年です。何とこのときには、年を持ち越しまして、一月二日という記録が残されました。

そのとき途中まで詠んで、挫折した短歌、

年越しの名残りの紅葉　除夜の鐘——、うーん、下の句はよろしく。

さてと、九八年の今年の紅葉は、十日くらい遅れるんじゃないかと言われていたのですが、十一月の中旬からぐっと冷え込みはじめ、蓋を開けてみれば、何のことはない、平年並みの十一月三十日でした。でも不作。準備が整わないままに、紅葉がはじまってしまったようで、私の大好きな（？）血のような色にはならぬままでした。

理由はタクシーの運転手さんが言ったように、十月の天気が悪かったからです。仲秋の頃、からっと晴れた日が続かないと、美しい紅葉にはならないんです。どうもあの紅は、その頃に光合成でつくられたデンプン（糖分）の量に関係があるらしい。私なりに理解したところでは——、春から夏にかけては、昼間、光合成でつくられたデンプンは、夜、糖分となって、葉から送り出されます。ところが秋になって夜の気温が下がりはじめると、その運搬能力が鈍くなる。人間が老いると、血液の流れが悪くなるのと同じかな。すると葉っぱに糖分が溜まります。一方、木は葉を落としても、枝が傷つかないように、葉っぱの根っこでは着々とカサブタ（正確には離層といいます）みたいなものをつくっていくらしい。これが糖分の流れをいよいよ悪くする。この糖分が紅葉の仕掛人、といいましょうか、葉緑素を分解する働きをするらしいんです。さらにフラボノールという黄色い色素を還元して、赤色の色素に変える。これが紅葉です。赤くなる葉というのは、細胞内に糖分が蓄積されやすい種類なんだとか。

タクシーの運転手さんの蘊蓄《うんちく》話に刺激されて、今回はじめて勉強してみたのでしたが、こういう植物の一生もなかなかあなどれないものですね。青いうちにしっかり養分を蓄えておかないと、有終の美は飾れない、美しい年寄りにはなれないというんですからね。自然というのはなかなか厳しいもののようです。

同じ一本の木でも、日光によく当たったところと、その陰になったところでは、まったく色の具合が違いますからね。一枚の葉でも「まだら紅葉《もみじ》」になったりする。まさか、木洩日の具合でこうなるなんてことはないでしょうがね。それにしても桜の花と違って、紅葉というのは個人主義ですね。たった一枚だけ、他にさきがけて紅くなる葉もありますからね。十月の下旬、高桐院に行ったのですが、まだ緑々した楓のなかで、一枝だけが紅葉しかかっていました。

「まるで神さまが試し塗りをしたみたいやね」

と、話したものでした。

その反対もあります。これは常照寺《じょうしょうじ》でしたが、全体は鉄のさび色なのに、たった一葉だけは、紅に染まっているんです。

「この葉だけ運がよかったのかなあ」

「いや、日光とか糖分とかそういうことではなく、これは執念かもしれないですよお。ここ、吉野太夫《よしのだゆう》（名妓とうたわれた京都は島原《しまばら》の花魁《おいらん》）のお墓があるお寺ですからね」

と、同行していた男の人に言われました。

「紅葉《もみじ》の木はね、登ると鬼女になるらしいですよ」

「登らなくても、紅葉《もみじ》に透かされた陽光を浴びてる女の顔って怖いですよ。おどろおどろして。不倫相手とは紅葉は観に行かないほうがいいですよ」

やっぱり血の色に似てますからね。

「経験者は語るですか？」

ふふふ、と笑ってみせた私でございました。

京都には紅葉の名所は数あれど、江戸の頃から名所としてうたわれていたのは、東福寺《とうふくじ》と、高雄《たかお》の神護寺《じんごじ》。江戸時代につくられた「都名所図会《みやこめいしょずえ》」に描かれています。

これ、当時の大ベストセラーで、製本がおいつかなくて、表紙と中身を渡されて、買った人が自分で綴じるような有り様だったらしいです。この本物（二百年以上前の古書）を、龍谷大学の大学院生から見せてもらったんですけどね、当時の人たちはただ愛でるだけでなく、花見のように紅葉《もみじ》も宴をしたんですすね。少なくとも十一月の末でしょう、何やら想像するだけでぶるっと寒けがしますが。昔の人はタフだったんですかね。

でもね、絵を見るかぎりにおいて、みんな少しも寒そうじゃないです。お侍さんたちの桟敷は紅葉《もみじ》を愛でながら、歌など詠んでいますが、町人たちはちょっと華やいだ気分で、お弁当や田楽をもくもくと食べている、表情がでへへという感じなんですよ。

山に紅葉《もみじ》狩りにいった図会なんか、千鳥足になった町人たちが下山しながら、大口あけて笑ってますからね。空になった酒樽に、根っこごと採った紅葉《もみじ》を突っ込んで、持ちかえっているのです。重たいだろうに、こちらもでへへとご機嫌です。

ふつうはね、晩秋です、「紅楓観《もみぢみ》」ですからね、いくら宴といっても、去っていく秋を惜しみつつ、自分の人生などを重ねながら、生きるもののはかなさを想う――というような趣向だと思うでしょう。ところが、その図会を見せてくれた大学院生の説明によると、

「感傷的になるというよりも、紅葉を愛でることで、むしろ来年への活力を得ていたようですね」

というのです。

「東福寺のような秋空を覆い尽くすような数の、紅葉《もみじ》なら、気分は高揚しますよ。牛でも赤を見ると興奮しますからね。いえ、それは冗談としてもですよ、鳥瞰図のような目を持てば、松の緑のなかで、紅、橙《だいだい》、黄色の花が咲き誇っているようにも見えるでしょう。葉っぱというより、花。それも巨大な生け花ですよ。昔の人じゃなくても興奮しますよ」

と、私が言いましたら、

「いえ、当時の人々は萩の葉が黄色くなったものも、黄葉として愛でていたようです」

「萩ですか？　梨木神社に昨日、水汲みにいったばっかりですけど、黄葉というより、枯れましたという感じですよ。それを愛でてたんですか？」

「はい」

ほう、昔の京都の人たちというのは、なんてポジティヴなものの見方をしていたのでしょう。それにひきかえ、今の私たちはあまりに完璧なものを自然にも求めすぎていますよね。で、自業自得、ストレスを抱え込む。

今年の紅葉は不作だ！　せっかく東福寺まで来たのに。全然、紅くない。

と、紅葉《もみじ》に向かってぶつぶつ言っていたのは私です。いや、私だけでなく、他の人たちも口々にそんなことを言ってました。東福寺、十一月の三週、四週の週末は、一日に二万人の人々が訪れたんだそうです（ちなみに拝観料は三百円です。一日で六百万円ですか）。毎日、二万人から口々にそんなこと言われたら、紅葉だってグレちゃいますよね。

どんなものにでも長所を見つけて愛でる。

そういう気持ちで萩を見ましたら、確かに茶色ではなく、黄色にも見えます。いや、黄色なんです。こちら側の心一つでこうも変わるものなのですね。

江戸っ子にくらべて、京都の人というのは何やら陰気くさいイメージがありますが、この図会、京の都の人たちの話ですからね――。昔の京都の人はおおらかでやさしかったんでしょうか。それとも人には厳しく、自然にはやさしく、だったんでしょうか。

ただここだけの話ですが、今の京都の人ほど、江戸の頃の京都の人（町人）たちは、性格、悪くなかったんじゃないかと思うんです。やっぱり天皇さんを東京にとられたときにね、一回転半ほど性格が捻れてしまったんですよ、心が捻挫《ねんざ》してしまったというか。ま、ときどきそんなことを感じないでもないですよ。ええ、この話はご内密に。

22　紅葉の夜、紅葉の水底

京都ほど紅葉が似合う場所もないように思います。京都というまちが、紅葉そのものに似ているからかもしれません。千二百年の京の都を、四季にたとえるならやはり春や夏ではなく、晩秋の候でしょう。枯れてますます美しいというのでしょうか。

骨董に通じるところがありますね。

中島誠之助さんではありませんが、

「いい仕事してますね」

と、唸ってみたくなります。

しからばどうやってその京都で紅葉を愛でるか。京都の人はどうやって愛でているか。これは私の所感ですが、京都人はわざわざ紅葉を愛でに行くということはしたくないようですね。もちろん地元ですからね、東京の人が騒ぐような紅葉の名所は知っています。たとえば東福寺《とうふくじ》、真如堂《しんにょどう》、詩仙堂《しせんどう》、永観堂《えいかんどう》、高台寺《こうだいじ》……。しかしそれがどうしたのや、という顔をしたいんでしょうか。

「そんな観光客がぎょうさんおるとこにはよう行かんわ。もっとええとこあるのや」

「どこ？」

「ちょっと教えられへんわな。教えたら、また書くやろ」

旦那衆と呼ばれる男の人たちは、そんな言い方をよくします。けど、そこをぐっと入っていくと、結局は教えてくれる。全国、どこにでもこういうタイプの人はいますが、京都はその割合がちょっと多いんじゃないかと思います。

単純に言ったら、ちょっとへそ曲がり（京都弁で、へんこ）、でも本当はいいひと。観光客でごったがえすところ、京都をあんまり知らん素人さんが行くようなところに、私ら京都の人間が行きますかいな、というプライドがあるんだと思いますよ。

「東京の人はもの好きやねえ、わざわざ京都まで観に来はるんやから」

などと言ってみたい人たちなんですよ。

「××寺、何やすごい人やったなあ」

と、あるとき、旦那衆の一人が言う。

「え？　××寺、いらっしゃったんですか？　あれれ、××さん、紅葉観ですか？」

「何を言うてはりますのや。そやない、そやない。あそこの塔頭《たっちゅう》にうちの墓が入ってるからね、墓参りに行っただけですがな」

あそことはJR東海の「そうだ、京都　行こう。」のポスターにもなった泉湧寺《せんにゅうじ》。そうですか、墓参りで紅葉観。うらやましい。観光客じゃこうはいきません。

ところであのJR東海のCM、地元、京都では流れません、ポスターも見かけません。そりゃ、そうですよね。京都にいる人たちに向かって、新幹線に乗って、京都に行こうと言ってもね、意味ないですよね。こちらではJR西日本のCMがよく流れます。

ですから東京で注目されている名所、京都の人、案外知らなかったりするんですよ。

私が「そうだ、京都　行こう。」のことを話しましたら、

「そやったんか。ちょっと何かに載ると、東京の人は来はるさかいにな……」

やっぱり穴場は教えられへんなあ、ということでしょうね。

京都の主婦の人たちは、生活に季節を取り入れるのが上手です。慣れているというかね。ちょっと裏の山で摘んできたん、が口癖の友人もいます。信楽焼の大壺に紅葉した山ぶどうの枝を挿したりね。種類はよくわからないのですが、色づいた広葉樹というのは、紅葉《もみじ》だけでなく、風情があるものです。野性味があってね。もちろんちょっと裏の山の「ちょっと」は、東京人の距離感覚ではありませんよ。裏の山ならいいんですが、お昼に五、六人で、友人（骨董屋さん）のご自宅に集まって、食事会したときのことです。

「あ、これ？　うふふ。御所（御苑）でちょっともろてきたん」

と、友人。いやあ、この人、かわいい顔して上手やなあ（この花どろぼうが！）。吹き寄せに紅葉《もみじ》葉を散らして、まるで料理屋さんの盛りつけのようでした。

そしてなるほどね、と思ったものでした。いえ、私も栗ごはんを炊いたときにね、どうしても盛りつけに紅葉《もみじ》葉が欲しくて、花屋さんに行ったんです、枝ものを豊富に置いてあることで有名な老舗です。ところが、その用途を説明したなら、

「そんなん、五枚とか六枚どっしゃろ。そのへんでちょっともろたらよろしわ」

と、言われてしまいました。黙ってもらえ、ということです。そのへん、とは大きな

声では言えませんが、私が察するところ、御苑です。

そうか、京都ではそういうもんか、と私も花鋏持って、そのへんに行きましたよ。でもね、どうしても人目が気になって、ポケットから花鋏、取り出せませんでした。だってね、御苑内は警察の人がいつもパトロールしてますからね。銃刀法違反とかで、あらぬ疑いをかけられるのは不本意です。

などと、帰りに友だちの店に寄って、うだうだとこぼしたなら、

「何、紅葉葉《もみじ》? そんなもんうっとこの実家からなんぼでも採ってくるえ」

町家でも灯籠があるような奥庭を持つおうちなら、紅葉くらい自前があるんですね。たちまちその日の晩、もみじ葉、届けてくれました。京都の人って、親切でしょう?

東京じゃ、こんなことまでしてくれない。

しかし私は京都人ではありませんから、紅葉観にはわざわざ出かけますよ。それも有名どころは一通り、押さえたいタイプ。さすがに週末は外しますが。私は京都人ではないので(しつこいですが)、行ってよかったところは人にも勧めたくなる——。

私の、ベスト5、ご紹介しましょう。

①高桐院《こうとういん》（大徳寺《だいとくじ》塔頭《たっちゅう》）。細川忠興公が建てた塔頭で、ガラシャ夫人のお墓があるんですが、この墓石がしゃれものです。夫人が生前、たいそう気に入っていた石灯籠を墓石に見立てたもので、千利休の遺贈とか。その雰囲気は、参道にも客殿から眺める庭にも通じるところがあります。背後に直線の竹、手前に曲線の紅葉《もみじ》。紅から透けて見える竹の青がいっそう紅葉を際立てる。地面は緑色の苔に覆われていますしね。

夕暮れどきに行ったことがあるのですが、翳《かざ》す手までが紅に染まって、紅葉《もみじ》に見えたものです。ところで、紅葉《もみじ》の葉っぱの先はいくつに分かれているかご存じですよね。赤ちゃんの手の比喩に使われたりするから、五つ？　ブー。正解は七つです。今度、よーく見てください。園芸的にはこの切れ込みが小さい（指が短い）ものをカエデとよび、指が長いものをモミジというみたいですね。一般的なのは、イロハモミジという種類です。

確かここもJR東海の「そうだ……」のポスターになったことがあると思います。

客殿前の廊下にすわって、瞼を閉じてみてください。

高桐院瞼閉じても紅葉かな

②仙洞御所。事前に申し込んだ人たち（十数人から二十人くらいでしょうか）しか入れませんから、どんな行楽シーズンであっても、御所のなかは静寂に包まれています。回遊式庭園なので、歩きながら愛でる紅葉になりますが、ここの紅葉は高桐院などに比べると、饒舌です。連れの人たちと感想を語り合いたくなる。母性的なおおらかさが、この紅葉にはあるように思います。池に浮かぶ紅葉の美しさはまた格別。遠くからだと水鏡となって、逆さ紅葉《もみじ》が拝めますし、石橋の上から見下ろせば、水が透き通っていますからね、水面に浮いている紅葉《もみじ》だけでなく、水底に沈んでいる紅葉までもが、くっきりと輝いてみえます。それがゆらゆらと揺れるんです。どんな高級な京友禅も、この自然の紅葉の図案にはかなわないでしょうね。

もみじ葉が流れて描く水模様

③二尊院《にそんいん》。嵯峨天皇の勅願《ちょくがん》により平安時代に創建されたという古刹《こさつ》で、ここはご本尊が二体あるので有名です。一つが釈迦如来《しゃかにょらい》、もう一つが阿弥陀如来《あみだにょらい》。ご住職の話では、お釈迦さまの像は現世をどう生きるかを示していて、阿弥陀さまのほうは、一切をまかせてすがれば、必ず浄土で救ってあげますよ、とやさしく待っている姿を表しているの

だとか。自力と他力、生きていくにはその二つが必要ですよね。ご本尊は、二つが対になっているわけですが、お顔は一卵性双生児のように似ている。重文だそうですよ。洛中からは少し離れているせいか、平日でありさえすれば、ざわついた感じはありません。そしてここの参道は「紅葉の馬場《ばんば》」と呼ばれているほどの名所です。

仰いでも立ち止まっても降るもみじ

④修学院離宮。仙洞御所と同じく後水尾《ごみずのお》上皇が造営した山荘です。雄大な庭園と言われますが、庭というようなものではないです、今でいうところのテーマパークでしょうか、天皇が自分好みの地形を作ってしまったという感じです。山あり池あり川あり滝あり、田畑あり。ですから紅葉《もみじ》の数も半端ではありません。落ち葉の数も、です。

もみじ葉、あれこれ拾っておいて、押し花ならぬ押し葉にしておくと重宝ですよ。そのままにしておくとちりちりと丸まってしまいます。で、料理の盛りつけに使ったり、和紙に適当に散らして貼れば、たちまち立派な（本物ですからね）便箋が出来上がります。そこにちょこちょこっと筆で言葉を添えれば、立派な（！）絵手紙に見えます。

フランス人の留学生の男のコにあげたら、ことのほか喜んでくれました。

修学院離宮ではタッパウエア持参でせっせ、せっせと落ち葉拾い。

「なんぼでも拾《ひろ》てくださいよ。掃除するのの手間が省けます。全部、拾てください」

と、宮内庁の人にからかわれたほどでした。

実際、大勢のボランティアの人たちが落ち葉掻きに入っていました。いろんな大きさ、色合いの紅葉《もみじ》が降り積もっています。それを熊手で集めて、袋に詰める。

「もったいないみたいだね」

つぶやいたつもりでしたが、宮内庁の人、地獄耳で、

「はい。本当は掃除、せんほうが苔のためにはええんです。雪が積もったときに、かぼてくれるからね。自然はようできとるんです。今は何でも景観を重視するからね」

と、説明してくれるのでした。

石段に一〇センチメートルくらいの厚さで紅葉葉《もみじ》が降り積もっています。踏むのがもったいないような、きれいな紅葉葉《もみじ》です。爪先を入れると、さくっと音がする。新雪の上に足跡をつけるような、晴れがましさがありますね。何やら自然が、私のために(!)、敷いてくれた緋毛氈のようで。後水尾上皇もお歩きになったのでしょうか。

ここは日光が山に当たっていれば、東山の峰々の紅葉まで借景として楽しめます。

借景の山一面の紅葉かな

⑤圓光寺《えんこうじ》。家康公が学校として建立したものだとか。日本最古の木活字が現存しています。ここは夜、出かけてください。夜桜ならぬ夜紅葉《もみじ》です。このライトアップは一見の価値あり。ヤマギワの企画協力により、コンピュータ制御で、ライティングされているのです。たかが紅葉《もみじ》ですが、夢を見ているような怪しげな気分になります。

まず闇の庭に、尺八の調べが流れ、霧（人工的）に白い光が当たります。つづいて尺八の音色にのって、あちらの紅葉、こちらの紅葉と、まるで紅葉《もみじ》が闇夜と鬼ごっこをするかのごとく、浮かんでは消え、浮かんでは消えていく。音楽が尺八からシンセサイザーのものに変わると、エンディング、すべての紅葉が輝きます。この間が八分。これがエンドレスで繰り返されるのですが、背景には緑の竹藪がありますから、そのコントラストは幻想的、いや、幽玄といったほうがいいでしょうか。

次点は東福寺にしておきましょうか。江戸時代から名所とうたわれた場所です。通天《つうてん》橋《きょう》の上から見下ろす、まるで百花繚乱といった風情の紅葉はそれは美しいものがあります。しかしとにかくおそろしく混む。夜にそっと忍び込めればいいんですけどね。

京都の紅葉はみんないい仕事してますよ。

23　雑誌に載る京都

京都特集というのは、高級女性誌の定番のようです。絵にもなるが、奥も深い。東京ですと、ただおいしいお店を紹介するだけで終わってしまいますが、京都ですと、そこから食材の名の由来から、日本の歴史やら慣習に話を膨らませることができますからね。

東京というまちは大きくなりすぎたんだと思います。すべてが水で薄まってしまって、東京には「味」がなくなってしまった。一部の下町を除いたら、どこもかしこも明治になってからの新興都市ですからね。

京都はこれだけの都市でありながら、まだまだ合理化されてないんです。

たとえばまちの魚屋さんひとつとってもそうですよ。あるお店を私が魚屋さんと称したら、早速、

「あそこは、鮮魚《さかな》屋さんとは違いますよ。塩乾もん屋さんやね」

と、知り合いの人から言われてしまいました。

「なんです、そのエンカンモンて？　縁起もんみたいなもんですか？」

「何、言うてますのや。塩に乾すでエンカン。あそこ、塩漬けにしたもんとか、干したり乾かしたもんを置いてはるわね。そやから塩乾もん屋さん。昔の京都は海から遠く離れたさかい、昔は川魚屋さんと、この塩乾もん屋さんしかなかった。日本海の若狭とかね、瀬戸内海の明石から、塩をふったもんやら、酢でしめたもんを運んでたんやね。若狭街道は鯖街道とも言われたもんです。鮮魚が届くようになったんは、つい最近のことですよ。明治の頃、東海道線ができてから、朝、明石に上がったもんが夕方には届くようになったんやね」

もちろん昔に比べたら、京都だってコンビニエンスストアが幅を利かせる時代ですからね、専門店の境目がゆるくはなっています。塩乾もん屋さんでも、鮮魚をあつかうようになっています。ただ専門は塩乾もん。そのへんはきっちりしているんですね。

そういった横の分業だけでなく、縦も残っていますね。錦（錦小路）ってありますよね。雑誌なんかでよく「京の台所」と言われるところです。料亭や割烹なんかのプロもここで仕入れていると言われています。ですから京都に来るまでは、東京の築地みたいなものかと思っていたんですが、違うんですよ。京都には中央市場というものがあるわけです。東京では、ふつう一流の料亭とか、割烹なんかは、築地から直接、仕入れるでしょう。なのに京都ではあいだに小売りをしている錦の魚屋さんをおくという。

「もちろん、直接、仕入れてるとこもあると思いますよ。なかには日本海の小浜《おばま》あたりから直接仕入れてるところもあるとききますね。ただ、大方はそうでしょうなあ。市場は朝が早いでしょう。それとね、鮮魚というんは目利きやないと買えへんからね。それやったらずっとつきあいのある、信頼でけるプロの目利きのおる錦の魚屋に任せといたほうが、都合がええところがあるんやね。そこからまわしてもらう、配達してもらいますのや」

京都の人はふだんは近所のお店ですましていても、特別なときはやはり錦に買いにくることが多いみたいです。お正月のおせちの材料なんかは、うちの夫もここに買いに行きます。雑誌の京都特集でも暮れは錦を取り上げることが多いですよね。

「そやけど、私ら、こんなん見ても、あたりまえのことを何や大仰に書いてはんなあいう感じやし。参考にはならへんなあ。行きつけのとこはもう決まってるしなあ」

「こういうのは実用書というより鑑賞雑誌だもの。京都の香りがするだけでいいんだと思う。まあ、京都の人はこんなふうに着物で買物に行くのかしら、素敵ねえ、っていうふうに、読者に現実を忘れさせて、夢を与える雑誌やと思うわ」

「そやけど、これ、ほんまもんの京都と違うと思うねんけどなあ」

「うん、そうなんだよね。最近、私もそない思うようになった。来たての頃は、こういう雑誌をガイドブックにしてたもんやけど、今は、違うなと思たりするもん。そやけど、これこそ東京の人が思うところの京都やねんな。これでなかったら、京都やないというか。私もついこのあいだまで東京の人やったから、その気持ちはようわかんねん」

京都はとにかく何でもハレとケがある、表と裏、日常と非日常、ふだん用とお客さん用のものに分かれているんですね。昔はどこでもそうだったんでしょうけどね、今はすっかりボーダーレスになってしまっているでしょう。で、雑誌が紹介するのはいつもハレのほうの京都。表の京都なんですよ。雑誌で紹介されているものに、京都の日常はないと思ってもいいです。それは私が京都に越してからまず感じたことですね。

「麻生さんみたいな東京の人は京都に夢、描きすぎてると思う」

最初の頃、よく言われたことです。その通り。

ただ暮らしはじめて、がっかりしたかといえばさにあらず。日常のほうが、私などはもっとしっくりきたくらいです。京都の日常というのは、そんなに雅びなもんではないし、きらびやかなもんでもない。地味ですよ。といって貧乏くさいのでもない。素朴というのともまたちょっと違うんですね。華奢でありながら、地味でしぶとい――。

わびさびの世界に通じるところがあるのではないかと私は思うのですが、

「そんな、ええもんと違うて。そういう見方がまだあんたが東京の人やねん」

とのことでした。でも内心は「そや、そや」とほくそ笑んでると思うんです。

京都は和菓子屋さんも、二つに分かれているんですよ。和菓子屋さん（洋菓子屋があまりない頃は、これをお菓子屋さんと呼んでいたようです）とおまんやさんです。

「あそこ、和菓子屋さんとは言わんな」

老舗の和菓子屋さんを友だちがこう言う。

「じゃ、何て言うの？」

「おまんやさん、お饅頭屋さんやな。何が違うて、格が違うねん。お茶のお菓子――、お干菓子とか、生菓子でもちょっと気取ったんをおいてるのが、和菓子屋さんやねん。あそこはお団子とか、大福とか、お饅頭とかな、日常のお菓子、売ってはるさかいにな、お饅頭屋さんやねん。お赤飯とか置いてたら、もう和菓子屋さんとは違う」

「ふーん」

「東京はそんな区別せえへんの？　どっちも和菓子屋さんなん？」

分けて当然といった友人に、反対に訊き返されてしまいました。

しかし格が違うだけで、おいしさが劣るわけではない。値段もさほど変わらない。きものや帯と同じようなものでしょうか。どんな高級な大島であっても、着物としては格下だから、金糸、銀糸が入った帯とは合わせられない。京都は着物に似てると思います。

格だけではなく、用途に合わせて細かい使い分けもします。

何々やったらどこそこ、という言い方を京都の人はよくするでしょう？

お漬物がいい例ですね。

「お漬物、どこがおいしい？」

と、訊ねられても、京都の人は困るんですよ。

千枚漬けはどこそこ、すぐきはどこ、しば漬けはここ、というふうに使い分けているからです。お店のほうも「うっとこはこれで勝負や」というものを決めているんじゃないでしょうか。漬物全般で勝負しようとは思っていない。工場をオートメーション化して、東京に支店を出して、という考え方をするところは少数なんです。もちろんそういうお店もありますよ。お店がビルになっているようなお漬物屋さん。

すると、京都人は食べんでもわかる、という顔で、

「あそこはもうあかんな」

という言い方で切り捨てます。

あるとき、京都の人と漬物の話になったんですが、

「××はどうですか？　東京ではわりと有名ですよ。デパートにも入ってるし」

と、私が言いましたら、その人、怒ったような顔で、言い放った。

「あんなん、グルタミンソーダがいっぱい入って、甘うて、漬物と違いますよ」

「はあ……、漬物と違いますか」

そこまで言いますか。

えてして、京都人はマスコミや東京に派手に進出しているようなお店を、ばかにするようなところがありますね。行きたがりません。ここが東京人と大きく違うところです。

東京人はね、有無を言わせず、有名なお店のほうになびきますよね。あと新しいお店ね。東京人は走りのものを食べたがり、京都人は旬になってからおいしくなったものを食べる、とよく言われますが、お店なんかもそうですね。東京は雰囲気ものに弱いんですよ。

ところが京都人はそういうのを嫌います。有名と一流は違う、とよく言いますね。むしろ有名になるとあかん、というような言い方をする。そんな京都人ですからね、勝手に出る杭は徹底的に打つ、らしいです。かつて打たれた企業の社長が体験談としておっしゃってました。新しいことに挑戦しようとしている人に対しては、めちゃくちゃ冷たいらしいのです。そのかわり昔ながらのものを守っていく人たちに対してはやさしい。でも、だからこそ、漬物屋にしても豆腐屋にしても、数は減ったと言いながらも、小さな老舗(ただしこだわりのある)が、いくつも残っているんだと思います。弱いものを守る気質なり、土壌なりがこのまちには根づいているんですね。

京都の人の前で「どこそこの漬物は」とか「京都の豆腐は」というような蘊蓄《うんちく》話はしないほうが無難です。「何を言いますのや」と論破されるか、「そうですわねえ」と、能面のような顔で微笑まれるか、どちらにしても、あまりいい結果は得られないと思います。

大げさだと思うでしょう、そうじゃないですからね。

「××××読んだえ。なんであそこ、紹介したん？」

いつもの友だちから、すぐに電話、かかってきましたから。そうです、私が掟破りにも、すました顔して漬物屋を女性誌に推薦したんです。

「××さんはそう言うと思てた。せやけど、あそこ、東京のデパートにも入ってるし、ああ、ここが本店か、と思わはると思うねんな。私がそやってん。東京にいるときから、あそこのお漬物、よく買《こ》うてたから、うちの夫に連れてってもらったときは、きゃー、ここがあの××？　て感動したもん（急に東京弁になる私）」

「あー、東京弁かなんかにならはっちゃって」

「だって、私、東京の人だもん。あそこの柚子だいこんがあったら、ごはん何杯でも食べられるもんね。いやー、あそこな（関西ことばに戻る）、店構えもいかにも京都の老舗の漬物屋いう感じやから、絵になんねん。それにお漬物だけのお茶漬け懐石て、いかにも京都やんか。お漬物のにぎり寿司なんか、京都に来るまで食べたことなかったもん」

「そやけど、京都の人は、そうはとらへんさかいに」

「ぎゃっ」

「あんた、あれ、読んだ人にはいちいち言い訳しときや」

そのすぐ翌日、友人のお店（骨董屋さん）に寄ったら、

「麻生さんも載ってはりましたね」

彼女も同じ雑誌で、お漬物の店を紹介してたんですね。

「ご存じです？『加藤順《かとうじゅん》』、ここの千枚漬けはすごくおいしい。ようあるんは何や甘酸っぱいでしょ。ここのはかぶらの本来の味がするんです」

うわ、言い訳せなあかん、ほんま、難儀なことになったわ。

「やっぱり××さんも千枚漬けは味が薄いのが好きなんですね。ということは、私が推薦したとこは好みやないでしょう、やっぱり？」

ひとしきり言い訳をすませたあとで、

「私ね、お漬物だけは、舌が関東なのかもしれないですねえ。うち、結婚して何ヵ月かは、遠距離結婚やったんですよ。あれ、言うてませんでした？　でね、うちの夫、東京に来るたびに、いろんな京都のお土産、持ってきてくれてたんやけど――、たぶんこんなにおいしいもんがあるんなら、京都、引っ越そうと思わせる作戦やったんやと思います。でね、ほかのもんは、さすが京都やねえ、とおいしがったもんやけど、本場の千枚

漬けだけは、あかんかったんですよ。何、これ、味がない」

「それ、どこの千枚漬けやったんです？」

「えっとねえ、確か、『村上重《むらかみじゅう》』やったと思うけど」

「あー、そやったら、ここはもっとあかんかもしれん」

でもね、歩いて行けるところでしたし、買いに行ってみたんです。

ところが自分でも驚きました。その日の晩ごはんで食べてみたのですが、あらら、私の言ったことが、あろうことか、

「おいしい。かぶの味がする」

うちの夫、根に持ってたようで、案の定、過剰につっこまれました。

「これ、味がないじゃない、言うてたんは誰やねん」

「はい、三年前の私です」

そこまで京都になじんでいたとは、自分でも予想外のことでした。私、京都に越してきたと言っても、京都の家に嫁いできたわけじゃありませんから、味つけの指南役のお姑さんがいるわけではない。ましてや夫は横浜育ちです。いったいいつの間に？

不思議なもんやなあ、と感慨深げに夫に投げかけましたら、間髪を容れず、

「外で食べてばっかりいるからやろ」

そう言われればそんな気もない。毎日、京ふうのもん、食べてたら、そうなるよ。お昼、

「そんな気もどんな気もそんな気も――。

ひとりでいろんなとこ行ってるやろ。近所の店は全部、征服したんとちゃうか？」

いえいえ、そんなめっそうもないことでございます。お昼は安いですもん……。

京都は安くてもおいしいところ、いっぱいあるんですよ。京都の人が書いた本にもそう書いてありました。が、それに続く言葉がある。大阪は高いお金を出せば、おいしいもんがある。しかし東京は高いお金を出してもロクなもんがない――。

せやけど安くてもおいしいところ、というんは、やっぱり京都に住んでみんと、わからへんと思うんです。あら、私ときたら、京都人のようなことを言って。いえ、ちょっと言ってみたかったんです。

24　京野菜とおばんざい

おばんざい、という言葉はよく耳にしますよね。

私が思うところ、おばんざいは京都のおふくろの味、おばあちゃんの味でしょうか。京都の人は、標準語のお惣菜にあたる言葉だと言うのでしょうが、うーん、それだとね……、東京でお惣菜というと、もはやデパートやスーパーマーケットで買うおかず、という意味のほうが凌駕してますでしょう？

京都のそれはあくまで家庭でつくるものです。おばんざいやさん、というと、お惣菜屋さんではなく、そういうおふくろの味を出す料理屋さんになります。

さてこの「おばんざい」漢字を当てると、お番菜になるらしい。私はてっきり、お晩菜かと思っていたんですが、違ってました。友だちが、

「貸したげよか」

と、持って来てくれた大村しげさんの「京のおばんざい」という本で知りました。二十年くらい前に、彼女が結婚するときに、母親が持たせてくれた本なんだそうです。ですから、もう使いに使いこまれて、ページをめくるところなど、黒ずんでいます。これをただいま、私が使っておりまして。人並みにつくれるようになるまで、

「貸しといたあげるわ」

と。ありがたいことでございます。別の友だちが遊びにきたときに、

「いやあ、これ、私も持ってるわ」

と言ってましたから、当時の京都では嫁入り道具の一つだったのでしょうか。

さて、この番という字、接頭語としてつくと、ふだんの、とか、粗末な、という意味になるんですね。お番茶、番傘がそうです。つまりお番菜というのは、ふだんの日の質素なおかず、ということでして、いくつかの例外（大村しげさんの時代は、裏の山で採ってくるまつたけも、含まれていたようです）を除けば、もう質素この上なし。色もほとん

どがおしょうゆ色。料亭で出てくるような京料理というものとはまったく別ものです。

「こんなんばっかり食べて大きなってん」

ページをめくりながら、彼女がなつかしそうに言います。

「そやけど、これがおばんざいいうもんやと知ったんは、大きなってからやねんな」

「へ？　じゃあ、何だと思って食べてたの？」

「ただ昼ごはん、晩ごはん……。そんなんこれはおばんざいです、これはおぞよもんです、とは言わへん。おぞよもんいうんはもっと安いもん、おからを煮《た》いたんとか、ひじきを煮《た》いたんとかを、ま、言うねんけどな。せやけど、私らがあたりまえと思てることに、いちいち講釈つけたがるのが、東京の人やと思うえ」

そうですかね。

番には粗末な、という意味があると書きましたが、このおばんざいは粗末ではありません。むしろ食材を粗末にせず、きちんと始末して使っている。これ、京都では年配の人たちだけの習性ではありません。私なんかと同じ年代の主婦の人でもそうです。

食材を大切に思うから、「お」「さん」をつけるのか、そういう言葉づかいをしながら大きくなるから、粗末にできないのか、どっちが先かはわかりませんが、すごいですよ。

「うわー、このおかぼおいしい」

という言葉を聞いたときはさすがに、お箸が止まってしまいました。

近所の友だち二人が「おばんざい」を持ち寄ってくれて、うちでごはん会したときのことなんですけどね、おかぼですよ、おかぼ。一瞬、かぼすのことかと思いました。

かぼちゃのことなんです。

「え？　まだ知らんかった？　ほな、あんた、おだいも知らん？」

知りませんよね。だいこんのことなんですって。

「そやけど、××さん、これまでおだいとか、言うたことないよ」

「そやった？　東京の人を前にすると気取ってしまうんかなあ」

東京の人とは私のことです。

「今日はこの人もいるさかいに、つい出てしもたんやなあ」

こんにゃくをおこんにゃ、とも言うそうな。

鯛なんかにいたっては、お鯛さん。はーい、と返事が聞こえそうですよ。

ここでちょっと京野菜の話にもふれておきます。京都に来ていちばんびっくりしたのは、夏のかぼちゃです、鹿ヶ谷かぼちゃと呼ばれているもので、ひょうたんみたいな形をしているんですが、昔は京都でおかぼと言ったら、この鹿ヶ谷かぼちゃのことだったんですね。ところがいつのまにやらふつうのかぼちゃのほうが幅を利かすようになってしまった。

うちの近所のお店で買おうとしたら、

「何に使わはんのん？」

と、店番のおばあさん。

「え、いやあ、形が面白いから、ちょっと飾ろうかなあと思って」

「そんならええけど、これ、味はあかんさかい」

ということでした。

ま、鹿ヶ谷かぼちゃはおいしくないようですが、これは例外。他の京野菜と呼ばれるものは、形や色だけでなく、味も一流です。それというのも、野菜というのは過保護だとおいしくは育たないんだそうですね。暑さ寒さの厳しいところのほうが、野菜も養分やら水分を一所懸命に蓄えようとしますから、結果、甘くて瑞々しいものが採れるんだそうです。京都はご存じのように盆地ですから、夏は蒸し暑く、冬は底冷えがする、おまけに昼と夜との気温差も激しい。それにいい水に恵まれている。

野菜づくりには適してるんですね。

夏の京野菜というと、鹿ヶ谷かぼちゃのほかは、手鞠のようにまん丸い加茂なす、ずんぐりとした山科なす、あたりでしょうか。京都の人はこの山科なすの丸煮《た》きが好きですよ。それから万願寺とうがらし、伏見とうがらし——これ、とうがらしと言っても辛くないんです。うちではちりめんじゃこといっしょに炒めたりします。

冬の京野菜の筆頭は、千枚漬けで有名な聖護院《しょうごいん》かぶらでしょうね。京都のかぶ（かぶら）は小かぶなんかでも甘くておいしい。小かぶのサラダはうちの冬の定番料理です（なぜなら切るだけでおいしいから）。あとは丸いだいこん。それから東京では京菜と呼ばれる壬生菜《みぶな》でしょう。お鍋に入れたり、お揚げといっしょに煮《た》いたり、お漬物にしたり、京都の人はこの菜っ葉も好きですね。あとはやはり赤くて細長い京にんじんでしょうか。

この京にんじん、ちょっと失敗談がありまして。

晩秋の頃、いつもの友だちと錦へ買物に行ってたんですね。

「この金時にんじん、言うんと、京にんじんておんなじもの？」

と、訊きましたら、友だち、自信を持って言うんです。

「東京の人が京にんじん言うんは、私らが赤いにんじん、言うてるもんのことやろ。この金時にんじんとは色が違う、もっとかーっと赤いねん。それにあれ、冬のもんやしな」

なので、ちょうど同じ頃、東京の雑誌から取材を受けたときに、私は自信を持って、

「京にんじんと金時にんじんは別ものですよ！」

と、言ってしまいました。ははー。すみません、同じものでした。

ただ、これには理由がありまして、そうなんです、時期が早かったものですから、その金時にんじん、赤くなかったんですよ。もっと冷え込まないと、畑のなかのにんじんも、かーっと赤くはならないんです。あとから近所の八百屋さんに訊いてみました。

「なんで、金時にんじんて言うんですか」

「赤いからや。金時豆、金時いも、みんな赤いやろ」

坂田金時（金太郎）の顔が赤いところからきているのでしょうね。

ま、京女もたまには間違いますよ。彼女、壬生菜のことも水菜と言いますしね。ぎざぎざがあるのが水菜、丸いのが壬生菜なんですけどね。ただ京都の人だからこそ、京野菜とは何ぞや、とはあらためて考えたりしないんでしょうね。大村しげさんの本にも、

「私らは壬生菜も水菜と言うてるけど」

という一文を見つけました。

しかしこの彼女も、それからもう一人の友だちもとにかく料理は上手です。味だけではなく、手際がいいんですね。私、東京にいる頃は、それほど自分が料理下手だという自覚はなかったんです。自分で言うのもなんですが、わりと器用なので、本を見れば、そこそこのもん、つくるんですよ。けど、あのレシピというものは一品ずつしか書いてないですからね。三品以上をいっしょにつくるとなると、たちまち頭がパニック。段取りが巧くできないんです。もうね、おだいの皮のことなんか、いちいちかまってやれませんよ。そんなもん、ふん、たかがでーこんじゃねーか。捨てるよ。

「そうかあ、私はよーほかさんわ。自分(家庭菜園)でもつくってるからかもしれへんけどな、おだいの皮、きんぴらにするとおいしいよ」

食べさせてもらいましたが、おいしいんですよ。

贅沢煮にはじまって、彼女たちからはいろいろ教えてもらいました。

「すみません、ごはんだけ、炊いて待ってます」

「ふん、わかった。適当に持っていくし」

タッパウエアをいくつも抱えて、拙宅に集まってくれます。で、試食していつも思うことは、食材はそれこそだいこんの皮、葉まで使い切るほどに質素ではありますが、ここからが私と違うところ、調味料、香辛料を彼女たちはケチりませんよ。おしょうゆも薄口、濃口を使い分けるし、お酢も黒酢なども使う。ちなみに「村山造酢」の「千鳥酢《ちどりす》」がおいしい、というのが私たちの一致した見解、お味噌は「関東屋」(京都で関東屋とはこれいかに)派がふたり。あと、山椒、七味、鷹の爪、生姜《しようが》、大蒜《にんにく》、柚子、といった香辛料を上手に使います。こういう香辛料というのは、けっこう高いですからね。皮や葉っぱまで使っても、ケチではないんですよ。

もちろん、だしのとり方、使い方も上手です。

東京の場合は「お味噌汁はおだしからきちんととっているのよ」というだけで自慢できるでしょう。だしとりは、こだわり主婦のリトマス試験紙のようなところありますよね。けど、だしをとるくらい、私だってできますからね。しますよ、私も。

問題はそこからです。うちでのごはん会のときは、料理人がレシピの説明をすることになっておりまして。発展途上の私のために、秘伝を伝授しなければならないわけです。ですから段取りまで教えてくれます。ありがたいことでございます。

「これ、今日は見栄《みば》えをようしたかったさかいに、壬生菜とおあげさんを煮《た》いたんは、一番だしを使《つこ》てんな。ほんで、次に二番だしでおだいこんを煮《た》いて……」

煮物（京都でいうところの、××の煮《た》いたん）まできちんとだしをとるんです。さらには一番だし、二番だし、と使い分ける。

「いやあ、うっとこは母親がうるさかったさかいに」

と、言いながらも、小さな声で、

「ダシの素、使うときもあるけどな」

ほっと胸をなでおろす私でございました。

京都人がだしにこだわるのは、やはり関東と違って、味が薄いからだと思います。味や色が薄いぶん、だしのごまかしがききませんからね。どうでもいいことですが、京都ではいわゆるコンビニエンスストアにまでも、だし汁が置いてあります。ポリ袋に入ったただし汁です。たぶんおうどんやおそばに使うんじゃないかと思うんですけどね。おや、余談でした。

だしの話は二番では終わりません。次があるんです。いえ、いくら京都の人がケチだといっても三番だしまではとりませんよ。とれません。しかし捨てない。東京の料理上手さんなら、一番をとったら、誇らし気にポンと捨てるところでしょうけどね。京都の料理上手は、そこから手際よく一品、二品をつくってしまいます。

「昆布《おこぶ》やったら、刻んで、おだいの皮なんかと炒めて食べるし」

「鰹節は、錦とかで買うた上等もんは、乾かしてから炒《い》って、ふりかけつくる。生協で買うたんは、猫にやってしまうけど。よう食べはんねん」

けど、貧乏くさいのとは違うんです。彼女たちも言います。

「貧乏くさいんは嫌いやもん。ああいう雑誌（何百円でできるお惣菜とか、牛乳パックで間仕切りをつくる、というような記事が満載のもの）は嫌いやねん」

使ったからには始末する、買ったからには始末する。

「火の始末と同じことやと思う」

東京の雑誌にはあまり載りませんけどね、それが番の京都です。

お番菜にはお番茶を飲むのがふつうですが、この京番茶といわれる「いり番茶」も雑誌には載りませんね。かの「一保堂」さんでも、

「いり番茶はこういうお茶ですと説明してもなかなかご納得いただけないので、京都以

外にお住まいの方にはなるべくお売りしないようにしています」

と、パンフレットにも書いてあるほどです。クレームがくるらしいんです。

「焦げて炭になってるものが混ざってる」

「枝が混じってる」

「煙草の匂いがする」

全部、本当。それが京番茶なんです。

ですから一保堂さんでも、観光客に見える人たちには、

「お飲みになったことおありでしょうか。クセがかなりあるんですが……」

と、訊ねてから売るみたいです。私も訊かれました。

あの缶入りの京番茶とは味、違います。もっと個性的です。

私が京番茶の洗礼を受けたのは、近所（御所南）のおばんざいやさんです。やはり「ん？」とは思いましたよ。そば茶でもないし、何だろう、と。熱いうちはおいしいんですが、冷めてくると、やはり煙草の葉っぱのような匂いがする。で、訊ねました。そしたら京番茶だというではありませんか。そのお茶っ葉を見て、また驚いた。

「あの、枯葉みたいですね」

お茶っ葉というのは、たとえほうじ茶であっても、縒《よ》ってあるでしょう。ところが京番茶はそのまんまなんです。枝も混じっているし、黒焦げした葉っぱもある。

何でも、その年の最初の茶摘み（玉露、煎茶のための手摘み）をしたあとの、大きく成長してしまった葉を、枝ごとばっさりと切り落としたものを利用しているらしい。言葉は悪いが、廃物利用かしらん。ならばこれも「始末」の一つですね。

当然、枝ごと切り落とすものだから、枝、茎なども混ざっています。それを蒸して、開いたまんまの状態で乾燥して保存。出荷する前に、熱い鉄板の上で、三分ほど強火で炒ると、この「京番茶」になるらしいんですね。ほうじ茶と同じように、カフェインやタンニンが少ないですから、赤ちゃんや病人にいいと言われています。

ちなみに一保堂でのお値段は二百グラムで三百円。

お味ですけどね、そば茶やほうじ茶が好きな人なら、好きだと思いますよ。

クレームがくるのは、私が思うに、みんながね、京都の上っ面だけを見ているからだと思います。番茶とはいえ、雅びの象徴のような「京」の字がつくのだから、煎茶のように繊細なものであろう、と勝手な思い入れをしといて、

「なんだ、これは？」

と、クレームをつけてくる。一保堂さんが、京都以外の人にはなるべく売りたくないというのもわかる。本当、すみませんねえ、とあやまりたくなってしまいます。

京都にはおばんざいやさんもありますが、東京のおふくろの味より繊細で雅びであろう、とはくれぐれもお思いになりませんように。

25　京町家に住みたい

京都というと、やはり町家《まちや》ですよね。と、いきなり同意を求めるのは無理がありますか。京町家と呼ばれる、あの昔ながらの日本家屋のことです。と、言われて、東京人が思い浮かべるのは、祇園あたりのお茶屋さんの町並みでしょうか。二階家で、紅殻格子《べんがらごうし》のついた窓やら、引戸があって、軒下には駒寄《こまよせ》や、犬矢来《いぬやらい》という名の柵がある——。二階の軒下からは簾《すだれ》が下がって、格子戸《こうしど》のすきまからは三味線の音が聴こえたりしてねえ。

今、その京町家に引っ越したくて、私は洛中の空家捜しに奔走しているところなんです。二条《にじょう》通柳《やなぎの》馬場《ばんば》に空家があらば、そのお隣りの呼び鈴を押す。

「すみません、お隣りは空家ですか？」

「やはり。あのー、持ち主をご存じでしょうか」

そうやって持ち主を捜し出し、直接、交渉するのです。まるでひと頃の、地上げ屋さんのような手口ですけどね、いえいえ、買い上げるなんていう景気のいい話ではありません。なるべくお安く、貸していただこうと、こう企んでいるわけでございます。

不動産屋さんに上がってくる町家の物件というのは、売却以外は滅多にないんです。ちなみに二条通柳馬場の空家はすでに大手不動産の手にあり、売却物件でした。

しかしただの空家――、売却も賃貸予定もないものも、少なからず存在します。どんな通りでも一キロメートル歩いたら一戸は見つかる、というくらい京都は空家、多いです。相続した人やら、所有者が京都に住んでいない、とか、倉庫代わりに使っていると か――。貸すのは居住権がこわいし、売るつもりもないし、ということになります。固定資産税を払いつつ、ときどき所有者（隣りが所有者のことが多いんですが）が掃除に来ている、という贅沢な空家が存在しているのです。そこが狙い目でして。

「短期間がいいんですが、貸していただけませんか」

「もう何年も住んでへんさかいに、なかも傷んでると思うし」

「修復する費用はこちらで持ちます。その代わりに保証金はなしということで」

というようなムシのいいことを目論んでいるわけです。

西陣あたりでは、織屋さんたちの借家普請の町家が放置されて、荒れ放題（たとえば屋根に穴があいている、壁が朽ちかけている）になったものも見かけられます。取り壊して更地にするのにもお金がかかるし、かといって修復するにはもっとお金がかかる。もちろん町の不動産屋にはこんな廃屋に近い（廃屋そのまま？）物件は出せません。けど、修復すれば、また立派な町家に戻るんです。

町家とはなんぞや、ということに話を戻しますが、一口で言ってしまえば、近代に入ってからの、洛中（町中）の町人たちの家です。だから町家。ただ昔の町人というのは、商人か職人でしたからね、住居だけでなく、店や仕事場の機能もついてるんです。

さらに、京町家は「うなぎの寝床」と言われるほどに、間口は狭くて、奥に長いのが特徴です。一度、呉服屋さんで、トイレを貸していただいたことがあるんですが、

「奥のほうがきれいやから」

と、案内されたんですね。店からそのまま通り庭（土間）を通って、台所を横目に、それをさらに突っ切って、たぶん目的地まで四〇メートルはあったと思います。冷や汗

でした。

何で、これほどの細長い家になったかといえば、江戸の頃に、店の間口に対して税金(のようなもの)をかけたからだと言われています。あと、お商売をするからには、通りに面してないと具合が悪いでしょう。できるだけ多くの町人が住むためには、一戸あたりの間口を狭くする必要があった。なので隣家とのすきまも取っ払ってしまった。町家は長屋みたいに壁がつながっているんです。一戸が一尺、隣りとの家にすきまを空けても、全体ではおそろしい長さになる。無駄はあきません、もったいない。これも京風の土地の始末、有効利用ということでしょうかね。

あー、それでか、と合点がいかれた方、そうなんです。現在の京都を歩くとね、表の普請は立派なのに、横の壁がトタン板で補修されてる町家の姿が、やたらと目につくでしょう。まるで羊羹《ようかん》を包丁で切ったところをアルミ箔で覆ったようなね。最初の頃、私も、この安っぽいトタン板が不思議でね。何で横壁だけ手抜きをしてるんだろう、と思ったものです。隣家が壊すと、もともと左右の外壁がありませんから、剝きだしになってしまうんですね。で、トタン板で補修する。ちゃんと補修しても、隣家がまた家なりビルなりを建てれば、見えなくなりますからね。京都でも最近では本当にどんどん古い町家が壊されて、つまらないビルに建て替わっていく。駐車場に変わっていく。今度、景気がよくなったら、町家（その町並みを商売にしている産寧坂《さんねいざか》、祇園など花街を除けば）は消えてなくなってしまうのではないだろうか、という人もいます。

平成になってから、ようやく市でも町家の保存に目を向けはじめ、昔ながらの町家の形式を残している住宅を、有形文化財に指定しはじめました。ただ京都といえども、幕末以前のものは残っていません。尊攘派と佐幕派の両軍が洛中で激しく交戦した、一八六四年の「蛤御門《はまぐりごもん》の変」。このときの鉄砲の流れ弾が当たって、洛中のほとんどの町家は焼失してしまったらしいですね。戦いそのものは一日の暁のうちに終わったのに、京都は三日にわたって燃えつづけたといいます。町人たちは、家財道具を大八車に乗せて、鴨川の川原に避難、何と二万八千戸の町家が焼失したというんですからね。この大火を京都の人は「どんどん焼け」「鉄砲焼け」などと言います。何でも、会津藩の一五ドエム砲の音が凄まじかったらしいですよ。

——と、話がそれましたが、もちろん私が捜している町家は、そんな文化財クラスのものではありません。一口に町家と言っても、室町通の呉服商のものから、西陣の機織り職人のものまで、いろいろです。ま、私としては、その真ん中あたりを狙っているのですが、時代的にはやはり明治の頃のものが……、などと欲をかいておりまして。

でもね骨董好きが高じての、町家捜しですからね。

町家の何に魅かれているかといえば、やはり通り庭と坪庭です。これなしでは、ただの日本家屋。京町家には表口から奥まで通じる通路としての土間があるんです。これを通り庭というんですけどね。幅はまちまち。というのも、間口から店をとった残りの敷地を、通り庭として利用しているからです。これも敷地のあと始末ですかね。

店への戸をがらりと開けると、そこには店庭《みせにわ》というのがありまして、その奥には玄関庭がある。一度でも、京の町家に入ったことがある人なら、ふむふむと頷いてもらえると思うんですが、この玄関庭だと、棕櫚《しゅろ》竹《ちく》が植栽されていたり、小さな灯籠《とうろう》が置かれていたりで、いい風情なんですね。そして、玄関庭から中戸を開けると、プライヴェート・スペースです。ハレとケのケの部分、台所です。京都では流しのことを「走り」と言いますので、ここを走り庭という。二階まで吹き抜けになっていて、立派な天井裏が見えます。竈《かまど》の煤《すす》で黒光りした梁やら柱やらの、ほれぼれするような男っぷり。いい木が使われてるんですよ。床は三和土《たたき》。石が敷かれていたりもします。そこに水屋（食器棚）や、おくどさん（竈）が設えられている。昨日、見た物件は、ここに井戸もありました。

骨董、古民芸好きの人には垂涎《すいぜん》ものでしょう。走り庭ごと、まるごと骨董ですよ、古民芸です。それが京都という大都市のど真ん中に、まだ残っているのです。捜せばね。捜せばというより、剝がせばね、と言ったほうが、これは適切かもしれません。

土間だと、やはり寒かったり、不衛生ということがあるらしいんですね。

「私らが中学生くらいの頃やろか、昔の台所《だいどこ》をやめて、関東台所《かんとうだいどこ》にするのが流行ってんな。床を上げて、吹き抜けもやめて、メーカーでつくってる既製の流し台を入れて」

「関東ダイドコって？」

「あれ、東京では言わへんの。そしたらおでんといっしょやなあ、うちら、おでんのこと、関東煮《だき》て言うさかい。土間やない台所《だいどこ》のこと、うちの母親とか、そんな呼んでたけど。関東台所とか、東京式——。母親なんかの世代は、新しいもんのセンスはないさかいに、うっとこの実家も、えらいことになってしもてる。壁はデコラ張りにしてしもて、いっつも蛍光灯がかーっとついてるもん」

「水屋とか、おくどさんとかどないしたん？」

「そんなもん、全部、ほかしてしもた」

「ひぇー。始末、始末が口癖の京都の人もダイニングキッチンには勝てへんかってんな」

「せやけど、うっとこが関東式にしたときは、近所の人、みんなが見に来はってんぇ」

そのときの様子が目に浮かぶようです。

ですから、関東台所の町家は表面を剝がすと、下からは「古民芸」が顔を出すんです。

友人が借りることになった物件を見て、驚きました。新建材のデコラ張りの台所から、立派な屋根裏、三和土、塗り壁が出てきたんですから。よーし、これだ、と決意も新たにする私と夫でございました。このところ京都の旦那衆と呼ばれる人たちに会うと、

「空いてる町家、お持ちだったら貸してください」

とばっかり言っているので、こんなことも言われます。

「そういう東京の人のあこがれだけではなあ……。相当、根性ないと住めません。ほんまに冬は冷《つべ》たいさかいに。土間の冷たさを知らんやろ。靴、履いとっても、足の裏から、きーんと冷たいんが上がってくる。氷の上に立ってるようなもんや。なんぼ暖房してもあかん。壁に道あり、障子に道あり、言うてな、耳と違う、道。風の通り道があるんや。夏もまた暑い。そら、夏は襖とか障子を全部、外してしもて、御簾やら葦戸やらに代え

る。夏のしつらえ、言うてな、それにまたあこがれてるんやろ。わかるけど、せやけど目には涼しなるけど、ほんまは涼しないで。暑いもんは暑い。うなぎの寝床やさかいに風が吹かへん。ああ、よう知ってはるな。庭に打ち水して、風を起こすんやけど、座敷庭と坪庭があったら、その片方に打ち水をする。すると風がおこりよる。それでやっと、わずかに棕櫚竹の葉が揺れるんや。いや、風と違う、風の気配がするだけやな。今、マンションに住んではるのやろ。悪いことは言わん。そのまま住んどいたほうがよろし」

そう言われると、ますます「住みたい。住んでみせようじゃないか」という気分になってくる。過ごすのではなく、暮らすということをしてみたいんです。

「そこまで言うなら、うちの会員のために、宿にしてる町家があるさかいに」

「貸してくれはるんですか」

「違うがな。ちょっとそこで一日、町家体験したらどないや」

残念でした。

しかしその坪庭がまたいいんですね。日本には日本式のガーデニングがあるんです。それをね、猫の額やらマンションのベランダで英国式ガーデニングだなんて、笑っちゃいますよ（ま、京都に来るまでの私もそうだったんですけどね）。このガーデニング、昭和四十年代のダイニングキッチンの流行と、変わらないような気がするんです。猫の額に英国の貴族趣味を取り入れてもね。

坪庭というのは文字通り、一坪ほどの狭い庭のことです。前にも言いましたように、表屋造りのような大店の京町家は奥に長いですからね、そのままだと光や風が奥まで入り込まないわけです。壁がくっついてますから、左右には開口部がとれませんからね。そこで店と住居のあいだに、一坪ほどの穴を開けた。せっかくならそこを目で楽しみたいですよね。そこで草木を植え、灯籠や石やらを置いた。これが坪庭のはじまりのようです。灯籠に、棕櫚竹、苔、シダが定番でしょうか。棕櫚竹を植えるのは、常緑で、また些細な風でもよく揺れるから。視覚的には夏に涼しく、冬には暖かいでしょう。苔やシダは日当たりが悪くても大丈夫です。環境に合わせて、吟味されているわけです。

坪庭を壺庭と書く人もいるようですね。あるいはツボ庭と書く人もいる。家のなかに、光と風でできた壺をぽつんと置いた感じでしょう。この壺がないと、日光があたりませんからね、不衛生です、湿気もたまりやすくなります。

「ツボ庭という、お日さんの通り道をつくったわけやね。これがあるのとないのとでは、家も、そこに住んでる人の健康が違《ちご》てきますのや。せやから、これは京町家という建物のツボや。肩凝りを治すときなんかのツボと同じやね」

と、話してくれる人がいました。

ですから、私は町家に行くと、まず坪庭に目がいってしまいます。坪庭の手入れを見れば、すべてがわかる。やはりその家のツボ（急所）ですから。

文化財に指定されているような町家を一般公開する催しもあるんですよ。九八年は夏の終わりに、五軒の町家（吉田家住宅、秦家住宅、杉本家住宅、野口家住宅、長江家住宅）が公開されました。私も友人の俳人を誘って、出かけました。どれも大きな町家ですからね、維持保存していくにはかなりの費用がかかる。有料で一般公開したり、保存会の会員を募ったり、撮影やお茶会、句会などの催しものに部屋を時間貸ししたり、いろいろと頭を捻っておられるようです。しかし一度、見学したら、日本人なら絶対に、

「私も住んでみたい」

と、思ってしまうと思います。外国人でもそうなんですから。もちろん住みたいと思うのと、実際に住むのとは、まったく別のことではあるのですけどね。

やはり清濁を併せ飲まないと、町家暮らしはできない――。

「寒いとか、暑いとかいうだけやなしに、麻生さんが思てはるような、素敵な感じに、

住《す》も思たら、掃除がたいへんですよ。雑巾がけとかやらはったことあります？　掃除機かけてるだけでは、あかんのです。十日、拭かへんかったら、あの艶はのうなります」

町家住まいの女性の方から、そう訊ねられたことがありました。

「大丈夫です、私の唯一の趣味は、掃除ですから。マンション住まいですけど、雑巾がけは日々の日課ですし、水屋簞笥とか時代簞笥も毎日、乾拭きしてます」

と、胸をはって答えたものでした。

町家に住みたいという人は増えているみたいですね。西陣あたりでは、外国人やアーティストたちが、新しい住み方をしているようです。軒下に一斗樽を置いてそこにススキを挿したり、ただの住居なのにお茶屋さんの真似をして、軒先に提灯をぶら下げたり――、京都の人から見たら、ずいぶんおかしな住み方なのでしょうが。

しかし日本広しと言えども、大都市のど真ん中で、こんな「むかし暮らし」ができるのは、京都のほかにはありえません。私が憧れているのは、田舎暮らしではなく、むかし暮らしなんですね。やっぱり、私は和菓子屋さんにも、本屋さん、八百屋さん、お豆腐屋さん、活動写真にも、歩いて行きたいんですよ。ですから町家捜しも、今、住んでいるところの周辺、すなわちアップタウンのど真ん中で行っております。

「あのう、お隣り、空家ですか？」

そのとたん、お隣りさん、むっとして、

「息子らが住んでます」

ぎゃっ、空家風情なのは、掃除をしてないからだったのか。

「失礼いたしました」

こんなことを繰り返しながら、早二ヵ月——。

しかし町家を捜すようになってから、京都のまた一歩、奥が見えてきました。

大都市のど真ん中なのに、みんな近所の人たちの家族構成までよく知ってます。

「あの空家、××さんが大家さんだったのね。それで、貸してもええんやけど……、外国に行ってる、うっとこの跡取りにも相談せなあかんからね、て言われたんやけど」

と、友だちに言ったら、ものの何分かで折り返し、電話がかかってきて、

「近所に住んでる友だちに訊いてんけど、あそこのおばさん、子どもはいてへんて。それ、やんわり断ってはるんやわ」

へー、せっかく期待してたのに、とうなだれるやら、むくれるやら。

「そんなやんわりもはんなりもないと思うわ。断るんやったら、はっきり貸せません、言うてくれたらええのに。まったくねえ、貸してもええけど……の、テンテンのところには、いややという言葉が入ってるなんて、京都ではいややは、無声音なんだね」

「いや、そのおばさんといっしょにせんといて」

この友だちも京都、そのおばさんも京都、面白いことでございます。

26　番組小学校と手榴弾

京都の通り名、町家を捜すようになって、いよいよ必要に迫られまして、中京《なかぎょう》のものは覚えました。

御所の南に接している東西の大路が丸太町《まるたまち》通、その丸太町通にぶつかっている南北の小路が、東から寺町《てらまち》、御幸町《ごこまち》、麩屋町《ふやちょう》、富小路《とみのこうじ》、柳馬場《やなぎのばんば》、堺町《さかいまち》、高倉《たかくら》、間之町《あいのまち》、東洞《ひがしのとう》院《いん》、車屋町《くるまやちょう》、ここで烏丸《からすま》通の大路が入って、両替町《りょうがえまち》、室町《むろまち》、衣棚《ころもんだな》、新町《しんまち》――。東西の通りは、丸太町から南へ順に、竹屋町《たけやまち》、夷川《えびすがわ》、二条《にじょう》、押小路《おしこうじ》、御池《おいけ》、姉小路《あねやこうじ》、三条《さんじょう》、六《ろっ》角《かく》、蛸薬師《たこやくし》、錦小路《にしきこうじ》、四条《しじょう》――。これ、そらで書いたもので、今、地図と照らし合わせてみました。

合ってます。この界隈だけならタクシーの運転手さんになれそうです。

でも、これね、覚えるための、昔からの、はやし歌があるんですよ。

たぶん京都の人も覚えるの、たいへんだったんでしょうね。昔の丁稚さんは、店に入ると、まずこの歌を覚えることからはじめさせられたとききました。

丸竹夷《まるたけえべす》に押御池《おしおいけ》
姉三六角蛸錦《あねさんろっかくたこにしき》
四綾仏高松万五条《しあやぶったかまつまんごじょう》

あるいは、

坊《ぼん》さん頭は丸太町、つるっとすべって竹屋町
水の流れは夷川、二条で買《こ》うた生薬を
ただでやるのは押小路

御池で会《お》うた姉三《あねさん》に
六銭もろて蛸買《こ》うて
錦でおとして四《し》かられて（以下、略）

歌があるとはいえ、よくぞここまで覚えたものだ、と自画自賛してみる私ですが、しかしこれ、名がついている京都の大路、小路のほんの一部ですからね。京都のタクシーの運転手さんの記憶力のよさは、おそらく日本一ではないでしょうか。

ここまで覚えたからには、五条通から南（下京《しもぎょう》）も行くか、と思っていたのでしたが、生まれも育ちも中京の友だちが、

「そこから南は覚えんでもかまへんて」

と、言ったので、これ幸いと、ここまでしか覚えないことにしました。

だってね、夫の大学院時代の先輩でもある、先斗町《ぽんとちょう》の若旦那も、

「中京《なかぎょう》以外は京都やおへん」

と、ことあるごとに山科の友人をいじめています。

たまたま中京に住んでしまった私としては、これまた幸いと、優越感を感じていたの

ですが、このあいだ、別の中京の友だちに、町家捜しのことを話していたときに、

「いやあ、堀川は越えたないねん。堀川の向こうは京都やないさかいに」

と、言ったら、あんたはそんなこと言うたらあかんえ、とたしなめられました。

京都人同士が言い合うから、ちょっとキツい冗談ですむんですね。

「そやけど、誰がそんなん教えたん？　××はんか？　しょうもないこと教えはるなあ。あの人の言わはることなんか、聞かんといたほうがええ。暮れやったかな、NHKのBS放送で、京都の通り名のはやし歌をやってたんやて。それで、はやし歌に東寺《とうじ》まであるのがあった言うてな、××はん、驚いてはんにゃで。五条までやと思てはってんで。あの人の京都は、御所がいちばん北、東は鴨川、西が堀川、南は五条までしか入ってへんねん。アホやろ。ま、あの人もわかってて言うたはんにゃろけど。堀川の西のほうにも、落ちついた感じのとこあるえ。もうちょっと捜すとこ、広げたほうがええと思うわ。町家やないけど吉田山に大正時代みたいな雰囲気ええところがあんねん。石段の両脇に日本家屋が並んでんねんけどな……」

そんなわけで、このたびの町家捜しでは、これまでの私の縄張りにはなかったエリアまで、足を踏み入れることとなりました。

五条楽園なんていうところにも行きました。

五条楽園――、ということは、五条通と楽園通の交わったところのこと？

そうなんです、と言いたいところではありますが、さすがに楽園通という通り名はないようで――、木屋町五条を南に入ったところに、パラダイスがあるんです。入口には「五条楽園《パラダイス》」というキッチュな看板がかかっておりまして。ただし殿方だけの自由恋愛楽園。

木屋町通を高瀬川の川沿いに、いい風情の町家が並んでいましてね。ところがどうしたものか、ここの家々、冬でも玄関が開いておりまして。で、開いてるところは、どこも金魚の入った青い水槽がちらりと見えるんですね。きっと水槽、夜だと妖しく光るんだと思います。

「どうやら、それが楽園の目印らしいですね」

と、最近、楽園の入口の古い三階建てのビルをまるごと借りて、住みはじめたデザイナーの友だちが言ってました。金魚が楽園の目印とは、情緒がありますね（？）。

この友人（デザイナーのことです。楽園関係の方ではありません）、床も天井も壁の仕切りも全部、自分で取っ払って、ニューヨークのハドソン河沿いのロフトのように改装して住んでいるんです（現在はカフェになっている）。東側の窓下は鴨川、西側の窓下は高瀬川という、せせらぎに囲まれた一角なんですけどね。ただ、ロケーションは抜群ですが、そういう意味の楽園の入口だということは、あとで知ったとかで、苦笑いしてました。

この友だちも不動産屋を通さず、自分の足で、物件を決めた口。改装費の数百万円は自分持ちですから、保証金はゼロ、家賃も破格の値段で借りているらしいです。

「本当は古い洋館が借りたかったんですよ。五条より上にある、医院として使ってた洋館を借りようと思ってたんですけどね、もうちょっとのところでダメだったんです」

京都は第二次世界大戦のときはほとんど戦火に遭いませんでしたから、町家だけでなく、大正時代に建てられたような洋館や洋館ふうの住宅も残っているんですね。うちの近所にもそんな洋館が何軒かありますが、やはり醫院や歯科醫院であることが多いですよ。そ、看板が旧字体だったりするんです。今度、風邪をひいたら行ってみようと思ってる、洋館内科があるほどです。さすがに歯医者さんはちょっと腰がひけますが。だってアンティークの治療機械で歯、削られたら、どうしよう、とか思ってしまうもので。

住宅サイズのものだけでなく、大きな洋館もあちこちで見かけます。レンガ造りのデコラティヴ（京都にはこの手のものもたくさん残っています）なものではなく、私の好みは、鉄筋コンクリートもので、華奢で、質素なたたずまいのもの――。

はじめて高瀬川のほとりでこれを見たときには、うっとりとしたものです。

「アンティークの、このかすれた風情がいいね。でも、これ、何？」

「元小学校。中京も子どもの数が減って、次々に廃校になってんねん」

「これ、市立の小学校の建物なの？　うわー、センスいい。児童に迎合してない、大人の建物だね。とても小学校には見えないよ。歴史ある大学とか裁判所とか、そういうアカデミックな感じ。でも威圧感はないし。うん、いい、いい、いい……」

「他のも見るか？」

よっしゃ、とばかりクルマでぐるっといくつかの洋館小学校を見に行きました。

でも、どうしてこんなに昔に、凝った意匠のＲＣ（鉄筋コンクリート）構造でつくられたのか。私が通った愛媛の小学校なんか、木造だった記憶があります。東京（都下）と大阪の小学校は、ＲＣではありましたけど、団地みたいな、いかにも公立といったつまらない建物でした。

「興味あるんやったら、これ読んでみるか」

と夫から資料をもらったんですが、それによると、これ、明治維新まで遡るんですよ。明治元年、ちょっと行幸《ぎょうこう》するだけだから、また還幸《かんこう》するからということで町人たちを納得させて、天皇は東幸《とうこう》あそばされました。が、遷都《せんと》は事実上確定。美子《はるこ》皇后が東行《とうこう》のときには、おとなしい京都の町人たちが、御所のそばで反対デモまでしたというのですから、その心中、いかばかりか。そりゃ、悔しいですよ。不安ですよ。江戸が、東の都ということで、東京と改められて、京都は一地方都市に降格したんですから。弱り目に祟《たた》り目です。幕末の蛤御門の変では、洛中の多くの町人たちが家を失った。わずかな家財を背負って、都落ちする人が相次いだという話です。おまけに維新後はね、公家の人たちも天皇さんについて、東京へ流出しましたから、人口は減るわ、華やかさは失せるわ、でございます。和菓子屋さんなんかでもついていったところがありますからね。犠牲になるだけなって、美味なところは江戸の人間に取られてしまったのです。見返してやろやないか、などと下品なことを京都の人が思ったかどうかは定かではありませんが、奮起した。これからは学問しかない、と思ったらしいんですね。これからは金や、とは思わないのが、京都人の品のよさ、ですか。

で、何をしたかというと、これが行政より先駆けて（学制は明治五年）、自分たちで小学校を創ってしまったというんですから、すごいでしょう。ときに明治二年、数はこれが六十四校というんですから、京都人の底力、ここに見たり、です。その資金は、府からの援助と、自分たちの寄付金で賄ったというんです。京都が学生さんを大事にする、というのは、このへんからきているんじゃないでしょうか。ただし、この学生さん、

「今はみんないっしょくたにして学生さんいうけどな、昔は京大生しか学生さんとは言わんかったもんや。同志社は同やん、立命館は立ちゃん、言うてな」

とかで、学生さんだと祇園なんかでも出世払いで遊ばせてくれたんだそうです。

小学校のことに戻りますけど、洋館小学校というのは、私が勝手につけた呼び名で、実際には番組《ばんぐみ》小学校と呼ばれております。明治二年に、洛中は上京三十三番組、下京三十二番組に分けられたんですね。この番組にほぼ一校ずつ小学校を開校したので、番組小学校。今でいうところの学区ですかね。一番組につき、だいたい二十六とか七の町会が入っていたといいます。

余談ですが、この上京《かみぎょう》、下京《しもぎょう》は、今の上京区、下京区とは別ものです。京《みやこ》の上のほう、下のほう、という意味合いで使われていたものを、明治元年に二条通より北を上京、南を下京と定めたが、試行錯誤してたんでしょうね、翌二年にはその境界を三条通に変更

しています。

かように独自の歴史をもつ、それこそ自立の小学校なわけです。その気概が、大正から昭和の初期にかけての建て替えのときに、いかんなく発揮されたんでしょうか。RC構造というだけでなく、当時の最先端の建築意匠が使われたという。東京の同潤会アパートが好きな人なら、垂涎ものの校舎ですよ。むしろ細かい細工はあれ以上ですから。アパートにして貸してくれないかなあ、そしたら仕事場にするのになあ。

と、本気で思っているのですが。

廃校になった校舎の利用法については、いろいろ検討されているようですけどね。歴史的建造物であるから、残そうという動きがあるようです。でも、一年くらい前でしたか、うちの近所の竹間《ちっかん》小学校は壊されてしまいました。残すほどの歴史的建造物ではなかった、というんですが、階段なんかヨーロッパの古いアパートの感じなんですよ。天井も高いし、洗面所もいい感じでした。なぜ知ってるかというと、壊される前、ちょっと忍び込んでみたのでした。いえ、鍵は開いてたんですよ。しかし思いました。

せっかく戦争にも負けずに生き抜いてきた建物なのに――。

アメリカさんが守ってくれはったのに、京都の町並み、日本人が壊すんか。

京都の人たちも行政にはそう批判してきたといいますが。

しかし、このアメリカさん、京都を守るつもりなんかまったくなかったことが、最近になって明らかになりました（一九九五年に吉田守男氏が発表）。文化財の保護のために爆撃しなかったのではなく、原子爆弾の投下予定地だったからだという。予定地への通常の爆撃はいっさい禁止されていたのだとか。降伏があと何日か遅れていたら、第三の原子爆弾が間違いなく、京都（京都駅の西一・五キロメートル）に投下されていたといいます。その場合は六十万の死傷者が出たであろうと言われているのです。

その理由としては、宗教都市であるから心理的効果が狙える、原爆が何たるかを理解できる知識人が多く、降伏への世論形成を期待できる、盆地で爆風の破壊効果が大きい、被災した他都市から軍需工場が避難、操業している、などが挙げられていたとか。

まさに危機一髪だったようです。

とはいえ、爆撃がまったくなかったわけではない。昭和二十年の一月十六日には、五条坂の南に、焼夷弾が投下され、死者四十一人、三百十六戸の家屋に被害が出ている。迷子のB29ではないかと言われているようですが、そんなふうには当時の人たちは思わない、いよいよ京都も大空襲かと、まちは緊迫感に包まれたらしい。ただちに御池通の鴨川から堀川通までの南七〇メートルの建物疎開が強行されたということです。ということは俵屋さんとか柊家さんもそれにひっかかったのでしょうね……。御所八幡宮という神社まで対象となったというのですから。人によっては若狭のほうに疎開したりもしたようです。

清水焼《きよみずやき》のご大家のお宅にお邪魔したときに、

「代々、こちらで？」

と、聞きましたら、清水のほうは建物疎開にあったので、戦後、ここ（五条坂）に移ってきたんです、ということでした。

やはり清水焼の、ある窯元にお邪魔したときには、こんなこともききました。戦時中は清水焼の登り窯も軍需工場となり、手榴弾の外郭をつくってたんだそうです。鉄不足のため、日本の手榴弾は陶製だったんだという。終戦になり、納品することなく終わった、実物がまだ残っているということで、見せていただいたんですが、これが手にすると意外なほど持ち重りするんです。驚きました。

「このくらいないと遠くに飛ばなかったんでしょうな」

錆びた鉄のような色合いでしたが、ものは陶器です。これは負けるな、と思ったものでした。それだけではありません、陶製の噴射燃料製造器（(呂)《マルロ》吸収塔）もつくっていたんだとか。これも現物の一部があまりにも美しいまま、残っていました。そりゃ、何百年も前の陶磁器が残っているのですから、五十数年前のものは無傷で残ってますよね。

　しかし、こういうのもいつしか骨董品などと呼ばれる日がくるのでしょうか。

　町家捜しにあちこち回ることで、はからずも知られざる京都をずいぶん見ることができました。路上駐車の無法地帯としか思えないところもあります――。

　ところで先日、友人が、

「あんた、ライバル、登場やで。今日な、何やカメラマンとかいう、東京からのお客さんが店に来はったんやけどな、町家捜しに来たんです、言うてはったえ。京都に拠点を移そうと思ってるんです、て」

　と、知らせてくれました。

「本当？　でも、買うんだったら、別だけど、借りるんだったら、そんな東京から一度や二度、やってきたくらいでは、絶対に捜せないと思う。ま、ものにもよるけどね」

「京都の町家は二階が低いでしょ、あれが嫌なんです、て言うてはったわ」

「ふーん。虫籠窓《むしこまど》で二階が低うなってるほうが年代もんやのに。それはライバルとは違う。そしたら台所も土間になってんの、嫌なんじゃない？　東京の人はわかってないのよね。雰囲気だけであこがれてるのよ」

「あんたも東京の人やろ」

「あれ、そうだっけ――」

と、笑い合った年の瀬だったのでした。

27　大つごもり日記

京都の師走は南座の顔見世からはじまるといいます。ところが私は歌舞伎には疎くて、京都に来て三年目になるというのに、南座にさえ行ったことがなかったんです。九八年は片岡仁左衛門さんの襲名公演——、さすがに私もこれは行かなければと思い立ちまして、歌舞伎好きの母と東京の友だち（この本の表紙を描いてくれた三好貴子さん）を誘い、はじめて出かけてみました。

この顔見世のときの衣装に凝るのが京女なんだそうです。私も大島紬でも着て行こうかなあ、と思っていたのですが、お正月なんかよりずっと力が入る——という一文を見つけ、あれま、ということは紬なんかじゃダメなのね、と着物は取り止めました。

栈敷席にはちらほらと玄人さんの着物姿も見え、華やいだ雰囲気ではありました。でもいまは京都とはいえ、歌舞伎も洋服で見る時代なんですね。わあ、若いのに粋な着物、着こなしてはるなあ、と思う人もいましたが、

「あの方は仁左衛門さんところの若奥さん」

と、三好さん。なるほどね、と思ったものでした。

それから有名なのが大根《だいこ》だきです。千本釈迦《せんぼんしゃか》堂《どう》が十二月七日、八日、了徳寺《りょうとくじ》が九日、十日なんですけどね。この大根が中風除けに効くといわれているために、こちらは地味な服の年配の人たちが集まります。なんで大根なのかはよくわかりませんが、釈迦堂のほうは釈迦が悟りを開いた成道会にちなむ行事、了徳寺のほうは親鸞聖人がこの地を訪れたときに、村人が大根でもてなしたのが始まりということです。とにかくこれも昨日今日の思いつきではなく、鎌倉時代から続く、由緒ある行事なんですね。

友だちにあれこれきいてみましたが、

「味か？　昆布《おこぶ》とかつおぶしのだしで、醤油味やて。大鍋で一晩かけてたくさかい、おいしい言うなあ。あったまるしな。行こと思てるの？　まだあんたは行かんでよろし。

じじばばになったら行くとこやさかい。あと二十年くらいしたら、いっしょに行こか」

「うん……」

一人で行くのも何ですし、しぶしぶあきらめました。境内じゅう、いい匂いが立ち込めて、何やら心がほっとなごむものらしい。ただこちらはかなりの人出ですからね、少なくとも一時間は並ばないと、大根にはありつけないとききました。テレビのローカルニュースでもやってましたが、千本釈迦堂でたく大根は丸い聖護院大根《しょうごいんだいこん》、了徳寺のは細長い笹大根《ささだいこん》、大根の種類が違うらしい。釈迦堂の丸い大根のほうは、一本ずつ、梵字《ぼんじ》を書くんだそうです。これだけで四、五日かかるということでした。

いよいよ暮れも押し迫ってくると、二十一日の終《しま》い弘法《こうぼう》、二十五日の終《しま》い天神《てんじん》となります。この市、ふだんから骨董だけでなく、植木とか、食料品、衣料品なんかを売る露店も出てるんですが、口の悪い友だちいわく、

「終いのときは、じじばば御用達の店が増えんねん」

骨董ではなく、お正月のものを買いにくるお客さんでごった返すんです。

「頭芋《かしらいも》とか土つきやから、お正月まで充分、持つて書いてあったけど、買う？」

「うっとこは少量やし、錦の決まったお店で買いたいさかいに——」

結局、私はひやかしに行っただけで、注連縄《しめなわ》も買わずに帰って来てしまいました。

錦小路は二十九、三十日あたりがピークでしょうか。

うちはお雑煮は夫がつくるんです。いや、お雑煮だけでなく、おせちも腕をふるってくれますので、私はおとなしく仕事をしております——。なんて書きますとね、顰蹙《ひんしゅく》をかいそうですが、京都では戦前まではお雑煮は男の人がつくるものだったんだそうです。その理由というのが、フェミニズム学者がきいたら怒りますよ、女の人は穢《けが》らわしいものと思われていたからだというんですから。土俵には女は上がっちゃいかん、というようなことと同じですか。ただ、その裏には、女の人を労《ねぎら》う気持ちがあった、と思いたい私です。もともとおせちというのも、せめて三が日は女の人をおさんどんから解放してあげよう、というところからきているといいますしね。お雑煮をつくってたんでは、お正月も女の人は火のそばから離れられません。やさしい京男なら、

「お雑煮はわしがつくったげよ。あんたはじっとしとき」

ということになったんじゃないかと思う、いや、思いたいんです。

ということで、うちの夫もやさしいですから、妻を労ってくれるというわけです。去年も三十日でしたか、錦小路と大丸まで買い出しに出かけてくれました。お雑煮は京都

ふうの白味噌仕立てです。夫は誰からそれを教わったかというと、錦小路の「川政」という八百屋さん。もう二年前になりますか、意気揚々と夫が錦から帰って来て、「よっしゃ。もうばっちり。八百屋のおばさんに教えてもろてきた。京都ではじめてお正月を迎えるんで、京ふうのお雑煮をつくろうと思てるんですけど、何、入れたらいいですか、て訊いたら、若いのにエライわねえ、言うて、親切に教えてくれた」

そんなわけでわが家のお雑煮は、錦市場の八百屋さん直伝というわけです。

京都はお雑煮には頭芋というのを入れるんですね。頭芋というのは、里芋と形は似てますけど、あんなふうにねっとりはしていない。私はさつまいものほかほかさ加減に似ているように思うんですが、京都の人は「えー、似てへん」と、たぶん言うでしょうね。この頭芋の皮は大名に剝かせろ、というらしい。そのくらいぶ厚く剝いてしまう。おまけに上半分しか使わないんです。人さんの頭《かしら》になれるようにということなんだそうです。

あとは京にんじんや祝《いわ》い大根（小さなかわいい大根です）を、輪切りにして入れます。四角く切ってはいけないんです。お餅も丸でしょう。何事も丸う納めて暮らすように、という戒めなんだそうです。じゃ、切り餅の東京はどうなるんでしょう……。

京都のお雑煮にはなまぐさもん（お魚とか鶏肉とか）は入れません。

焼きません。

「そのほうが上品やさかいにね」

おもちはまる餅を先に煮《た》いてやわらかくしたものを入れます。

「焼いたら品がのうなるわね」

はいはい。おだしも昆布だけで、かつおぶしは使わない。なぜなら仏さんにも供えるから——という一文を本で見つけ、合点がいきました。だからなまぐさもんを入れないんですね、でも、人間のほうは、食べるときは花がつおをふわりとかけます。白味噌はクリーミーなほどたっぷりと入れます。食感はほとんどクリームシチューですよ、そのくらいまったりとしています。だからあったまる。好きなんですよ。

あれまあ、話が大晦日を飛ばして、元旦になってしまいました。

カレンダーを戻します、今日はまだ大つごもりです。そのまた二、三日前でしたか、

「お正月はどないするの？　東京へ帰んのん？　京都にいんのん、そうか。ほな、お餅、持ってたげるわ、ふん、町内会で餅つきするさかいに。買わんといてな」

と、近所の友だちから電話が入りました。

当日は私はひたすら大掃除です、夫は早々、台所仕事は切り上げて、

「ほな、ちょっと遊びに行ってくるわ」

と、帰省の途中の大学時代の友人からのお誘いに、出かけて行きました。

夕方近くになってましたかしらん、

「はい、お餅のデリバリーに上がりました」

と、ダウンのジャケットをばたばたといわせながら、友だちがやってきた。つきたてのあったかーいお餅。お餅を入れたジッパー付きのビニール袋が湯気で曇っています。

「某料亭の白味噌がちょっと手に入ったさかいに、それも入れといた」

「きゃー、うれしい。ありがとう。ふふふっ」

「何、笑《わろ》てんのん、気色ええなあ」

「いや、ごめん。昨日ね、××さんが俵屋の石鹼が手に入った言うて、ちょっと持ってきてくれてん。一回、使ってみたかったんだよね。初風呂は俵屋の石鹼。お雑煮は某料亭の白味噌……。持つべきは京都の友人やなあ……」

「京都の人間はよそもんにもやさしいやろ。ちゃんと、東京の人にそう言うといてや。ほな、ちょっと忙しいさかいに。クルマ、下に停めたままやねん」

「うん、ありがとう。鐘撞《かねつ》きはどうする？」

と、私の声が終わらぬうちに、どたどたと靴音を立てながら、友だちはエレヴェーターへ消えて行きました。

代わりにやって来たのが裏寺町通のお寺のご住職さん。うちの夫のお友だち。

「夫はたった今、出かけてしまったんですよ、すみません」

「いやいや、これ、届けに来ただけやから。葩餅《はなびらもち》」

「わー、末富《すえとみ》のやないですか。ありがとうございます」

「ほな、人、待たせてるし」

師走は坊さんも走る。ほんまに走って去って行きました。

葩餅というのは初釜用のお菓子なんですけど、京都では家庭でもお正月はこれをいただくようなんですね。裏千家さんには「川端道喜《かわばたどうき》」さんが納めていますが、暮れの和菓子屋さんはどこでも趣向を凝らして、この葩餅をつくります。薄くのばした求肥《ぎゅうひ》に食紅で染めた求肥を重ねて、そのなかに白味噌あんとごぼうを包んで、二つに折ったものなんですが、きれいなお餅ではあります、しかし味はうーん、不思議な感じです。なので、末富のようなおいしい和菓子屋さんのじゃないと、ちょっとたいへん……。

さてと、そろそろ準備万端でしょうか。玄関に置いてある李朝家具のバンダヂの上に、鏡餅も飾りましたし、お正月用のお膳も押し入れから出しました。

この祝い膳なんですけどね、うちのは「うるわし屋」さんで買った、ふつうのお膳ですから、紋もついてませんし、男膳も女膳もないんですが、本来のものは色も高さも違うんです。男膳は朱、女膳は外は黒で内側が朱。膳の高さですが、男膳のほうが足高かと思いきや、さにあらず、その逆で女膳のほうが足高なんです。やはりこれもお正月くらいは、女の人を立ててあげようという、京男のやさしい心づかいなのではないかしらん――。しかし友だちは、

「女の人は正座して膳につくから、高いんと違う？」

と、合理的なことを言っておりました。

準備万端とは書きましたが、唯一の心残りは「根引き松」を用意しなかったことでしょうか。終い天神で買えばよかった。京都では東京のような竹を添えた、昔ながらの門松はあまり見かけません。玄関がそのまま通りに面している町家ではそのスペースがないからだろうか、とも思ってみたりするんですが、どうなんでしょう。「根引き松」というのは略式の門松だそうですが、京都はこれが主流のようです。文字通り、根がついている苗のような松に紅白の水引をかけて、玄関の両脇の柱に張り付けるんです。地面から一尺くらい上げたところに、根っこがきます。しかし根っこの先は、傘の柄のよう

にぐるりと天を仰いでいます。きっと縁起がいいようにこうなっているのでしょうね。

「京都の人間は東京の人と違《ちご》て、ものを大事にするさかいに、根がついてんねん。ま、これは私の考えやけどな。で、あとで植えんねん」

と、京女の友だちは主張するのですが、これはちとあやしい……。

「毎年、植えてたら、坪庭が松林になってしまうんじゃない？」

「それもそやなあ」

来年こそは町家に引っ越して「根引き松」飾ろ、と思う年の瀬だったのでした。

紅白歌合戦がはじまる頃になりますと、いよいよ一年の締めくくりです。

紅白はビデオに録画して、あとから見たいところだけ見る。だって時間がもったいないじゃないですか。テレビなんてそれこそいつでも見られます。でも大晦日の時間は待ってくれない。うちは十時を過ぎますと、出かける準備に入ります。

除夜の鐘を聴きに出かけるんです。除夜の鐘というのは、そばで聴きますと、五臓六腑が震えるものですね。京都に来てからはじめて体験したのですが、これならどんな百八つの煩悩も消え去るだろうと思ったものでした。除夜の鐘はお寺で聴くことにしているんです。それも自分でも撞かせてもらう。掌で直にじじじと感じる音の波は、どんなヒット曲より詞《ことば》を持って胸に伝わってきます。

除夜の鐘はお坊さんたちが撞くものとばかり思っていましたが、昨今は違うのですね。有名なところでは、清水寺《きよみずでら》、高台寺《こうだいじ》、南禅寺《なんぜんじ》、永観堂《えいかんどう》、真如堂《しんにょどう》、醍醐寺《だいごじ》、大覚寺《だいかくじ》、天龍寺《てんりゅうじ》、常寂光寺《じょうじゃっこうじ》、二尊院《にそんいん》、相国寺《しょうこくじ》、誓願寺《せいがんじ》、壬生寺《みぶでら》、鞍馬寺《くらまでら》……などが、参拝者にも撞かせてくれます（清水寺のように事前に整理券を入手してないとだめなところもありますが）。

百八つしか撞かないお寺が多いようですが、なかには参拝者全員が撞き終わるまで、いくつでもという親切なお寺もある。一昨年は永観堂に行ったのですが、数えておりましたら、私たちが撞いたのは百八十九番目でした。二時間ほど並びました。ここは山のふもとですしね、洛中より気温も下がります。真っ暗なんですが、みんなの吐く息が白い湯気のようにぼーっと立ちのぼっていますので、ああ、そのへんまで行列ができてるんだなとわかるほどです。靴の底からじーんと冷たさが上がってくるんですが、それをお寺がふるまってくれる甘酒で和らげながら、ひたすら新年を、順番を待つんです。

今年はお餅を分けてくれた近所の友だちが、

「そんな遠いところへ行かんでも、近場でも撞かしてくれるえ。寺町通竹屋町の革堂《こうどう》さん（行願寺《ぎょうがんじ》、西国《さいごく》三十三ヶ所の十九番目のお札所《ふだしょ》）とか、寺町通三条の矢田寺《やたでら》とか」

と、教えてくれましたので、お気軽にぶらぶらと寺町通を下って、矢田寺まで出かけました。夫の友人たち（奈良と大阪）もいっしょです。御池通より南の寺町通はアーケードになってますし、いわゆる繁華街の庶民的なお寺さんです。ご本尊もお地蔵さん。ここの除夜の鐘は「送り鐘」といって、ご本尊の矢田地蔵と撞木《しゆもく》を、純白の布で結んで、直接、願い事がお地蔵さんに届くようにしてあるんです。いかにもご近所といった人たちが、ぞろぞろと集まってきます。風情というより人情を感じる、あったかーいお寺さんでした。甘酒やお酒だけでなく、絵馬まで下さるものですから、あわててお賽銭、追加してしまいました。鐘撞き、なかなかいい音はつくれないものですね。撞木を手から離すときのタイミングなんでしょうか、なかなか共鳴しないんです。夫の友だちはまぐれか、はたまた隠された鐘撞きの才能があったのか、じーんとからだに響くような音色でした。

きっとお地蔵さんの琴線にもふれたことでしょう。

鐘撞きのあとは、祇園さん（八坂神社）に「白朮詣《おけらまいり》」です。

ほろ酔い加減の私たちでしたが、河原町通に出てびっくり。茶髪にピアスの若いコたちで通りはごった返している。さすがに京都といえども若者は東京と変わりません。

「何だか、今年は風情がないね」

「これも京都だよ」

「そうだね。お、十二時、越えた。あけましておめでとうございます」

と、夫の友だちが時計を見ながら、新年のご挨拶の口火を切ります。

「今年もよろしくお願いします」

「でもね、元旦は朝の四時からはじまるんだよ」

と、水をさしてみる私。

「おいおい、そんなん、誰が決めたん？」

「昔からそうなってるんやて、本に書いてあった。寅《とら》の刻から元旦なんやて」

「最近、うちの麻生はこういうことに詳しいて困んねん。白朮も調べたんやろ」

「うん。白朮ていうのは薬草のことで、その根を粉にしたものが、あの白朮火には混ぜてあるんだって。京都の人は――昔は祇園さんの氏子さんたちだけやったんやろけど、あの火を縄に移して持って帰って、それでお雑煮を煮《た》くのが習わしなんだって」

「縄くるくる回しながら、持って帰るんだよね」

「昔はおくどさんやったから、それで火をおこしてたんだよね」

そんな話をしながら、四条大橋を渡っていくまでは何とか歩けたんですけどね、そこからはいわゆる初詣の大混雑でした――。将棋倒しになろうかというほどの人込み。

「ちょっと来る時間、間違えたなあ。これ、ピークと違うかあ？」

それでも一時間半ほどで白朮火には辿り着きました。

白朮灯籠にくべる護摩木に、夫たちは何やらこそこそと願い事を書いてました。

浄火を移すあの縄（吉兆縄《きっちょうなわ》）ですけどね、一メートルほどの長さで六百円もするんですよ。祇園さん、儲けてますねぇ。余談ですけどね、京都の縄屋さんは、祇園祭（山や鉾は縄で縛って組み立てます）と、この白朮詣《おけらまいり》だけで、お商売が成り立つという話です。

この日は京都市営の地下鉄も終日運転なんですが、このおけら火ばかりは、地下鉄の車両に持ち込んでいらしいんです。火気厳禁の地下鉄、全車両禁煙の地下鉄にですよ。

歩いて帰れるところを四条から地下鉄に乗ってみることにしました。

「えー、いくら京都言うてもなあ、ほんまやろか。消防法とかあるんと違うか」

「これはオリンピックの聖火みたいなもんやもん。ただの火とは違う」

「まあ、捕まったら消したらええだけのことやしな」

自動改札ですので、駅員さんの目にふれることなくホームまで下りたわけでしたが、白朮火なんかめずらしくも何ともないんでしょうね、火がついた縄を四人が四人とも手にしているというのに、誰もじろじろとは見ないんです。一車両に十人程度しか乗っていなかったせいもあるのでしょうが、難なく丸太町まで着いてしまったのでした。

さすが京都ですね、東京の営団地下鉄でこんなことやったらたいへんでしょうね。

そこまでして持ち帰った白朮火、これでうちもお雑煮を煮《た》かなくちゃ、とろうそくに移すところまではしたんですが――、夫が帰ってきたら、若水《わかみず》を下御霊《しもごりょう》（神社）さんまでもらいに行って……、それでお雑煮をつくってもろて……それで、ええと、ええと、と思っているうちに、これがうたた寝してしまったんですね。気づいたときにはろうそくの火は消え、日の出もすんでしまっていたのでした。

ほんに京都の大つごもりは忙しい。

文庫版あとがき

こういう本を出したものですから、「東京にいるころから京都が好きだったんですか」とよく訊かれます。でも、「ええ、好きでした。年に二、三度は遊びに来ていました」と正直に答えると、次には「そんなに。じゃ、やはり日本の歴史に関心があったんでしょうね」と、かいかぶった解釈をされてしまい、困ってしまう。

日本史は数学、古典の次に苦手な科目で、京都に移り住むまでは、応仁の乱が何たるかも知らないような、おバカぶりでした。

じゃ、京都のどこに魅力を感じていたのか。雰囲気です、古き佳き日本の雰囲気。

それを感じたくて、それに交われば、少し上等なおとなになるような気がして、新幹線に乗っていたように思います。パリ・コレを見ただけで、ファッション・センスがよくなったような気がするのと、同じです。京都という外国に魅かれていたのかもしれません。

祇園のお茶屋さんで、三味線の音に合わせてする、お座敷遊び。いかにも古都らしく、お公家さんの名がついた通り名。戦争で焼けていない、町並み。ベンガラ格子。瓦屋根。むだな装飾がまったくない、ミニマムな石庭。桜やもみじ、京料理も、東京のものとは、ひと味ふた味、違うような感じがしました。いつも数人で訪れる京都でしたから、市内の移動はハイヤー。地図が頭に入っているわけでも、歴史の流れを把握しているわけでもありません。車窓から眺めるだけの京都です。わざわざガイドブックで事前に勉強することもありません。

何とも上っ面だけの、いかにも観光旅行者の京都でした。

でも、雰囲気を感じられれば、それで充分だったのです。

京都に仕事場を移したのは、一九九六年の四月です。京都好きが高じて、というようなことではなく、結婚相手が京都に住んでいたからです。京都人ではありません、横浜育ちの学生。だから当初は、彼が大学院の博士課程を終えるまで、ほんの二、三年のつもりの京都でした。腰かけ京都、だったのです。

それがもしかすると、よかったのかもしれません。

せっかく腰かけているなら、いろいろ京都、眺めてみよう、そう思ったのです。

でも、住みながらの観光は、それまでのものとは、違いました。まさか日々ハイヤーを貸し切りで、というわけにはいきません。いきなり自分の足で、ということになりました。よく、京都のまちは碁盤の目のようになっているから、よそ者でも歩きやすい、といいます。でも、どこに何があるかを、把握していなくては、歩きようがありません。

京都の市内地図に、一保堂、うるわし屋、市役所、八百屋さん、魚屋さん、などと自分で書き入れて、常にそれを持ち歩きながらの、日常観光のはじまりでした。

上ル、うーん、どっちが御所だ、あ、あっちが北か。

へー、京都って通りの奥に、長屋みたいな家が並んでるんだ。

みんな自転車によく乗るんだなあ。

まちのど真ん中なのに、駐車場になってる空き地が多いんだなあ。

お店の人、愛想がないなあ。

そうやって、ひとり日常生活がこなせるようになったころ、祇園祭がはじまった。

あとは本文に詳しいのですが、京都は雰囲気だけでは、暮らせない、知識が必要だ、ということに、それが気づいたときでした。観光客の目だけでなく、住人として目も持ち合わせるようになった。京都の一歩、奥に踏み込んだ、というわけです。

一九九六年七月のことでした。

けれど、そうなってくると、いわゆるガイドブックでは尺度が合わない、といって、専門書のようなものでは、むずかしすぎる。とりあえずいろんな本を手にしてみましたが、私のような、住んでる観光客には、頃合いのものがないのです。観光客向けのガイドブック、それも京都人が書いたものほど、しっくりこない。素直になれないんですよね。

『京都で、今度、お食事でもどうですか、と声をかけ、おおきに、と言われたら、これは断られたことになります。これを真に受けたら、ま、田舎もんといわれてもしょうがない。なぜなら京都は千年の都……』

ふん。東京にだって、社交辞令という言葉はありますよ。婉曲な言い回しというのもあります。今度、お食事でも、と誘って、はい、ありがとうございます、とかわされたら、これは脈なし。本当に食事したいと思ったら、その場でスケジュール帳を開く。

「ね、これ京都人の勝手な思い込みだよね。東京でもそうだよね」

そんなガイドブックの揚げ足取りを、夫とよくしたものでした。

そのうち、夫もいい加減、その相手には疲れたとみえ、

「だったら、自分で書けば」といいはじめた。

東京人の目で、一歩、奥に踏み込んだ観光客の目で、ふだんの京都を書いてみたい。京都についてまわる、へんな常識を覆してみたい。

そうして出来上がった本が『東京育ちの京都案内』でした。

私にとって、これは転機となりました。以来、毎年、祇園祭のころに、一冊、出すというのが、私の年中行事となり、今年もまたシリーズ四作目である、この本の続編が出ます。

ただ、京都というまちは、なかなかの磁力を持っていますね。一九九六年のころは、あんなに京都人の得意口調が鼻についたものなのに、このところ、気をつけていないと、私自身がそういう物言いになるのです。この本にしてそうです、書き始めから、書き終

えるまでのわずか半年のあいだで、もうくーっと京都に引き寄せられている。京都寄りになっているのです。今回、読み返してみて、さすがにこれには苦笑いでした。

ですから文庫化にあたって、少しだけ、言葉づかいなど、修正しました。

単行本はオール二色刷、ルビに紅梅の色を用いており、私もお気に入りの一冊でしたが、やはりガイドブックとして携帯するには、少々かさばる。今回、ルビは本文と同じ色になりましたが、ポケットにもバッグにも入る大きさになったこと、とてもうれしく思っています。東京からなら、新幹線の車中でちょうど読み終えられる文字量でしょう。

年間のべ四千万という、京都観光の人たちの、手軽なガイドブックとして使ってもらえればいいなあ、とそんなことを願っています。

花脊　美山荘にて

麻生圭子

解説

村松友視

　京都についてかかれた本はおびただしい数にのぼるのだろうが、素直に読むことのできて身近かに感じられるものは、意外に少ないのではないかというのが、正直なところ私の実感だ。それは、京都の文化や習慣に精通している人が、それに疎い者に向けて語るケースが多いせいではなかろうか。京都的価値観にどっぷり浸った人が、京都以外の土地をシャレでなく〝地方〟と称して綴られる文章が、それこそ〝地方〟にとどくはずはない。また、芸能界の人々や作家たちが、ある種の特権的待遇を受け、その体験をもとに京都を語る讃辞も、これまたすんなりと受け止めにくいのだ。そうやって考えてゆくと、京都の人であれ京都以外の人であれ、京都という贅沢な世界について語り、綴ることは、至難のワザといってもよいのではないかとさえ思いたくなる。

私は、生れは東京ながら静岡県の清水すなわち〝駿河〟育ちであり、江戸気分の領域にコンパスの軸が刺っている立場だ。かといって、江戸文化を京都に対抗させようという構えなど皆無であり、その上、生れながらの貧乏性がまとわりついている身であるから、とうてい京都の奥深い魅力をすんなりと味わうことなどできようはずもない。何度か京都をおとずれても、ほとんどはるか昔の修学旅行の域を出ず、〝江戸〟文化の視座から京都を打ちながめる余裕もなく、しかも京都の歴史についての知識ももちあわせていない。つまり、私にとって京都という千年の都は、まことに爪のかかりにくい、厄介な空間なのである。

そんな私だから、京都の土を踏むとある種〝あがった〟状態になり、気後れ、緊張、怯けづきにつつみ込まれ、いつまで経っても京都の魅力に正対できぬもどかしさにさいなまれるケースが多い。そこで居直りというか反発というか、京都の馴染みにくい部分がやけに気になったりすることもある。それなら興味をもたなければいいのに……と自分に言いきかせもするのだが、そのしこりが京都への興味の入口になったりもして、三歩進んで二歩退るをくり返す、堂々めぐりの連続がつづいている。

しかし、三歩進んで二歩退るをくり返していれば、一ミリずつ前に進出ということもあるものだ。実はワタシ、この本の第5章「おいしい京の水」の中に出てくる麩屋町の老舗旅館「俵屋」さんを取材し、『俵屋の不思議』なるタイトルで上梓した。そして、ひとつの旅館をのぞき穴として、そこに出入りする人々を〝職人〟というキーワードでながめてゆくうち、ごくわずかながら気後れ、緊張、怯けづきが軀から剝がれ落ちてゆく気分を味わった。たかが二年そこそこの取材期間の中での、エトランゼとしての体験にすぎないのだが、自分の微細な変化が不思議だった。

そして、本を出版してから二年以上の時が過ぎてゆくと、私の中にふたたびかつての金縛りがよみがえり、京都から三歩後退二歩前進と一歩ずつ後退してゆく気配が生じはじめていた。そんな矢先に出会ったのが、この本であったという、まことに長々しい前措きで恐れ入ります。

この本の中に綴られた内容は、やさしく、ていねいに、具体的なツボを押しながら、ゆっくりと私を揉みほぐしてくれた。これはおそらく、それこそ〝地方〟の人々がこれを読んだときに湧く、共通の手応えではなかろうか。

まず、有名な〝ぶぶ漬け伝説〟から始まり、京都における独特の物言いや習慣について、ためつすがめつ懇切丁寧に語ってくれている。京都の人なら面倒で話す気もしないこと、京都以外の人では理解できぬことを、結婚いらい京都に生活をしている著者でなければ成り立たぬアングルで解釈する。京都人でも東京人でもなく、京都人でも東京人でもあるという微妙なセンスが、読む者を自然にいざなってゆく。独特の語り言葉による文体の効果もあって、私はものの見事に素直にさせられてしまった。

春より秋より夏の京都が好きだという著者が、六月一日の〝まちの衣更え〟についての描写や、町家文化の奥深さなどを語るくだりには、さまざまな風景をとらえる鋭い感性がみなぎっていて、〝知っていることを伝える〟といった単純な作業とはまったくちがう、文を読む楽しさが横溢している。

ゴミの出し方、マクドナルドの看板の色、右左と上ル下ル、東西南北、和菓子屋さんとお饅頭屋さんといったような、東京とのちがいが語られる部分には、京都の生活者となった著者の戸惑いが、楽しさとして表現されていて面白い。どちらに軍配を上げるかではなく、〝所変われば、ゴミ変わる〟〝所変わればロゴ変わる〟のセンスで、その違和感とたわむれているところが、肩肘張らぬ受け止め方で素晴しい。麻生圭子さんもまた、三歩進んで二歩退るで、一ミリずつ京都に染っていったんだな……とほほえましく思った。

また、京都の町家を骨董とかさねてながめる著者が、骨董品そのものについて語るあたりには、大袈裟でない原寸大の女性の目があらわれていて、買えない値段の物をながめるのも骨董の醍醐味というセンスを感じさせられる。それを前提として、あるときはかなり背伸びをして、ぜひとも身近かに置きたい品物を手に入れているらしく、そこに骨董のような京都に住むことになった女性らしい気の弾みが見えたりもする。

さらに、この本によって知ることになる京都という千年の都もさることながら、折々に感じる疑問や違和感についての言葉を、著者が向けてその反応を知ろうとする京都人の友人という何人かの登場人物が、この本の中心での大きい役割を果している。これらの人物についての表現に、京都人の気質や感覚が垣間見られて、これが単なる知識を伝達する作品ではないことが伝わってくる。彼らは、京都に移り住んでけなげにその世界に馴染もうとしている著者を、あるときは親切に、あるときは突き放しながら、上質な京都に接することができるよう誘導している。その構えの向う側には、エトランゼとしての京都ファンではない、京都において自力で生活する女性としてのライセンスを与えようというやさしさが透し見えるのだ。

〝やさしさ〟ということで言うならば、「祇園さんのお祭り」「大文字山に登った」「大つごもり日記」などにおいて語られる〝夫〟の存在を忘れてはならないだろう。〝極上の友人たち〟の言葉に首をかしげたり、不満を抱いたりする妻すなわち著者と、時間をともにして何かを伝えてくれるのが、本書における重要登場人物である〝夫〟なのだ。大文字山に一緒に登り、大つごもりには雑煮をつくる……これはほんの一例にすぎず、日常生活における〝夫〟の協力は、著者が京都色に染ってゆくについて、強大な効果をあげたはずだ。著者独特のシャイ感覚ゆえに、〝夫〟についてはやや遠慮がちに、かすかに悪役めいた登場ぶりに仕立てたりしているが、日常生活の中での〝夫〟というパートナーの力強さは、十分に想像できるのである。

ともすれば世話のしすぎ、甘やかしすぎになってしまう妻への、〝極上の友人たち〟とはまたひと味ちがう突き放し方に何ともそそられる。そうやって読んでゆくと、この本には異色のホームドラマの色合いも加わってくるというわけだ。

そして、その対極にある硬派的な色合いも、この本の価値として忘れてはなるまい。それはたとえば、「番組小学校と手榴弾」の章の中で紹介される内容だ。第二次世界大戦のとき京都がほとんど戦火に遭わなかったことに触れて、「アメリカさんも京都の文化財を守ってくれはった」という京都人の言葉を、私は何度か耳にしている。そう言われたら広島や長崎は浮かばれないでしょう……とそのたびに反発の呟やきを呑み込んだものだが、六年ほど前、アメリカが文化財保護のために爆撃しなかったのではなく、京都が原爆投下予定地のひとつだったためだと、その理由が明らかになったというのだ。降伏が何日か遅れたら、第三の原子爆弾がまちがいなく京都に降下されていたはずで、その場合は六十万の死傷者が出たであろうと。

その理由としては、宗教都市であるから心理的効果が狙える、原爆が何たるかを理解できる知識人が多く、降伏への世論形成を期待できる、盆地で爆風の破壊効果が大きい、被災した他都市から軍需工場が避難、操業している、などが挙げられていたとか。

まさに危機一髪だったようです。

もちろんこの章は、そのような硬派的な議論に終始しているのではない。ただ、このひとくだりを読んだとき、京都という町の謎、運命といったものの奥をのぞいた感じにさせられた。冷たく見えていた京都という町が、妙に人間臭く、いとおしくも思われた。京都がそうやって、さまざまな風に吹き晒されて、奇跡のように屹立している……そんなイメージも浮かんだ。そして、近づいて遠去かりかけた京都が、また何ミリか近づいたという実感が、読後に残った。

これは私の勝手な読み方だが、読者がそれぞれのセンスで汲み取ることのできる京都のエキスが、この本には縦横にちりばめられている。また、京都の生活に浸りながら、軀の芯にある〝旅人〟の心根を消さぬところに、著者らしいスタンスが感じられて、それが京都を訪れる人々と通い合う、この本の芯になっているような気がする。とにかく、京都について書かれた本を、これほど素直に読むことができた不思議が、いまも私の中で浮き沈みしているのである。

（作家）

単行本　文藝春秋刊　一九九九年四月

文春文庫

東京育《とうきようそだ》ちの京都《きようと》案内《あんない》

定価はカバーに
表示してあります

2002年4月10日　第1刷
2003年1月5日　第3刷

著　者　麻生《あそう》圭子《けいこ》

発行者　白川浩司

発行所　株式会社　文藝春秋
東京都千代田区紀尾井町 3-23　〒102-8008
TEL　03・3265・1211
文藝春秋ホームページ　http://www.bunshun.co.jp
文春ウェブ文庫　http://www.bunshunplaza.com

落丁、乱丁本は、お手数ですが小社営業部宛お送り下さい。送料小社負担でお取替致します。

印刷・大日本印刷　製本・加藤製本
Printed in Japan
ISBN4-16-718603-9